Oi prof! Que alegria teres me adicionado. Espero poder te conhecer melhor qualquer dia. Bjs

CB064677

> Oi, Mirella! Tudo certinho?
> Fechei minha grade de aulas para o semestre e lembrei de ti, vou estar pela Puc sempre nas segundas, quartas e sextas de manhã e de tarde. E tu, já sabe os horários e disciplinas que vai fazer?
> Ah, e fiquei bem curioso: tu chegou a ler algo daqueles títulos que comprou na feira do livro?
> Me conta alguma coisa.

Oi! Segunda e sexta de tarde eu devo estar por lá, vamos marcar um coffee.
Eu vou ter aula sempre à noite, mas devo ir mais cedo pra aproveitar a biblioteca.
Sim sim, li só os teus por enquanto!
preciso comentar pessoalmente depois

> Ah, vai me deixar na curiosidade, é?
> Ok, marcamos na Puc então, a partir do dia 11, acho que é isso.

RODRIGO ROSP

inverossímil

ilustrações
RICARDO KOCH KROEFF

PORTO ALEGRE · SÃO PAULO
2015

Copyright © 2015 Rodrigo Rosp

Conselho não-editorial
Antônio Xerxenesky, Guilherme Smee, Gustavo Faraon,
Luciana Thomé, Rodrigo Rosp, Samir Machado de Machado

Capa
Samir Machado de Machado

Projeto gráfico
Guilherme Smee

Revisão
Não houve

Foto do autor
Alina Souza

Dados Internacionais de Catalogação na Publicação (CIP)

R823i   Rosp, Rodrigo
           Inverossímil / Rodrigo Rosp. — Porto Alegre : Não Editora, 2015.
           144 p. ; 21 cm.

           ISBN: 978-85-61249-55-7

           1. Literatura Brasileira. 2. Romance Brasileiro. I. Título.

           CDD 869.937

Catalogação na fonte: Ginamara de Oliveira Lima (CRB 10/1204)

Todos os direitos desta edição
reservados à Editora Dublinense Ltda.

Editorial
Av. Augusto Meyer, 163 sala 605
Auxiliadora — Porto Alegre — RS
contato@dublinense.com.br

Comercial
(11) 4329-2676
(51) 3024-0787
comercial@dublinense.com.br

Para a minha vó Laura,
mistura de Sophia Loren com Dercy Gonçalves,
com quem aprendi o prazer obsceno da leitura

Oi, quando quiser tomar aquele café, estamos aí.

Claro!! Tu anda pelo puc a noite algum dia?

Pois é, na Puc só de dia. Tu não pode de tarde?
Ah, e não precisa ser na Puc,
afinal lá não vende cerveja.

Pois é, eu tô trabalhando todo dia de tarde.
Mas damos um jeito!
FOda essa vida de proletariado.

Mas tu tem um intervalo entre
o labor diário e a aula?
Ou tu tava pensando em algo
depois da tua aula?

Eu tô nem aí pra aula pra ser bem sincera,
só vou pra pegar chamada.

Se pudesse me encontrar pelas 19h seria legal, mas só se tu tiver por lá né
senão a PUC é o lugar mais chato do mundo apesar de que eu tenho um hobbie de observar as meninas do direito andando desengonçadas de salto

Tá. Se tu quiser, pode responder a chamada e a gente vai pra outro lugar, também não acho a Puc um lugar muito divertido.

*"A ilusão é uma atriz
se exibindo na praça
linda e feliz."*

> Ah, no fim tu apareceu, e ainda com camiseta divertida. Olha só, me manda um trecho do teu texto com putaria? Fiquei curioso demais.

Sim, adorei te ver! Mando sim hahaha vou pegar uns trechos

não repara que ela dá pro professor. depois de dar pra meio mundo. enfim. vou te mandar
oprofessor.docx
sexo e depressão juntos. adoro

> BAH!
> Meio complicado eu ler isso aqui na Puc. Como faço pra levantar pra um café agora? Vou derrubar a mesa!
> Mas, sério: tu é foda, teu texto é bom mesmo.

brigada!!! que alívio que tu acha isso!! maior medo de estar fazendo merda e perdendo tempo com esse romance. espero que dê tudo certo.

Não está perdendo tempo de jeito nenhum. Como literatura, está excelente. Pra erótico não serve muito, mas acho que nem era a ideia. Eu até fiquei "sensibilizado", mas só porque tu que escreveu. Sabe como é difícil pro leitor deixar de imaginar que a personagem e a escritora são a mesma pessoa.

Ehehehe, sim. É bem difícil mesmo.
Geral vai achar que eu dei pra algum professor mas enfim...

Ah, mas a questão não é o professor, mas apenas te imaginar numa cena dessas! Achei bem divertido.

Que bom.

Próximo passo seria ver.
Algo me diz que seria bem mais divertido.

Hahahaha.
Mas sabe que a minha religiao nao permite, ne.

Eu sei. Nem meu estado civil.

índice

IMPENETRÁVEL
16

INACESSÍVEL
42

IMPUBLICÁVEL
86

> Como tá tua agenda nesta semana?

Hoje começo com o Prozac, amanhã com o Diazepam, quarta... talvez eu cometa suicídio

> Tem que ser antes disso!
> Uma tarde.

hmm, eu trabalho durante a semana né.
só se for no finde

> Ah, tenta dar uma desculpa no trabalho.
> Fica doente, não rola?

Tô doente hoje já
porque não dormi à noite

> O que tu ficou fazendo?

Fiquei fazendo nada. Meu psiquiatra LOUCO tirou meus anti-depressivos aí imagina o estado que a pessoa não fica
Agora ele me deu outro e mais outros remedinhos delícia... E lá se vai todo o dinheiro do meu trabalho árduo

Teu psiquiatra parece meio INSTÁVEL, hein?

Bem que tu podia me chamar pra ser bolsista ou qq coisa assim.

Eu adoraria te contratar, mas aí tu ia me processar por assédio, sabe como é.

e ia ganhar uma grana. taí a solução eu podia ter processado o meu chefe por assédio

Isso, processa ELE. Mas ele chegou a te assediar a valer? Me conta.

Logo na primeira semana de trabalho. Me chamou de futura esposa

Que idade ele tem?

trinta e poucos e tem namorada
aliás, é noivo

Malditos canalhas.

O professor abre a porta do apartamento e faz sinal para a aluna entrar. Mirella vai na frente dele até a sala. Põe as mãos no bolso da calça, os braços como que sobrando. Ele entra e circula no volta dela. Mirella observa a sala: as estantes de livros, as pilhas de papel numa mesa de trabalho. Ele observa o comportamento dela, nenhum dos dois ainda à vontade.

Mirella parou diante de dois pôsteres na parede. Os filmes são *O jogador* e *Desconstruindo Harry*.

Já viu algum?, ele pergunta.

Não são do meu tempo, ela diz, com cuidado pra que isso não soe rude.

Ah, eles não são tão antigos, eu até vi no cinema. *O jogador* deve ser de 92.

O ano que eu nasci, ela sorri humilhantemente.

Ele desvia dela e do assunto, caminha para a janela. Mirella vai atrás e olha a vista. Há um tanto de sol de fim de tarde, mas não vê nada de diferente. Se vira para ele. Bacana teu apê, diz sem muito entusiasmo.

Obrigado. Vamos falar do teu conto? Onde ele está?

Ela tira da bolsa umas folhas de papel e entrega para ele, insegura.

Ah, desculpa. Nem te ofereci, tu quer algo pra beber? Pensei em fazer um café.

Claro, ela respondeu, de cabeça baixa, evitando o olhar dele.

O professor pega as folhas e vai para a cozinha. Ela ouve os ruídos de portas de armário, cafeteira, xícara.

Açúcar ou adoçante, ele gritou de lá.

Nenhum, ela diz.

Os sons na cozinha misturam a preparação de café com o folhear das páginas. Em poucos minutos ele volta com duas xícaras na mão. Quando entra na sala, percebe que Mirella está só de calcinha. Ele segura o conto dela, olha pro papel, olha pra ela.

Tudo bem, depois tu me fala tua opinião. Dá pra ver que não vim pra isso, né? E nem tomo café. Desculpa.

Ele chega perto dela. Está desculpada.

Ela segura o rosto dele e dá um beijo. Beijo apressado, ele pensa. Desce as mãos pelo corpo dela, a cintura.

Ele a conduz lentamente até o amplo sofá. Ela se deita, aponta pra calcinha. Ele observa, mas antes se livra dos sapatos, da camisa, da calça e da cueca. Se aproxima dela e serenamente puxa o pequeno tecido de algodão branco. passa as mãos pelas coxas dela, que se mexem levemente. Ele se deita ao lado dela e as bocas se grudam, as mãos deslizam pela pele. Ele desce até os seios dela, passa a língua em círculos pelos mamilos, que respondem firmes. Com as mãos cir-

cula pelas costas dela, percorre a curva das nádegas, sobe novamente. Se despede dos seios com uma leve mordida e se dirige lentamente ao sexo dela, que se encontra alegremente pantanoso. Investe com a boca no clitóris e ali desliza a ponta da língua calmamente. Os gemidos dela se intensificam conforme ele acelera.
Mirella ergue o tronco de leve. Para, já tá bom, disse.
Ele levanta a cabeça e olha pra ela.
Pega a camisinha, vai, Tô pronta.
Ele se levanta rápido, abre uma gaveta de documenos, pega de baixo deles o preservativo, destroça a embalagem e logo já está vestido para o amor. Olha Mirella de pernas abertas, os joelhos dobrados, e de joga por cima dela. Penetra rápido, às vezes se beijam, às vezes ele vai até o pescoço dela e dá pequenas mordidas.
Mirella vai até o ouvido dele e diz: Eu tô louca pra gozar, sabia?
Ele se movimenta mais rápido, mas ela faz um movimento com as mãos e o impede de continuar.
Não assim, ela disse. Senta aí.
Ele sai de cima dela e se põe sentado no sofá. Ela se levanta, vai até a frente dele e fica de costas. Ele agarra a bunda dela, beija um pouco, abre para buscar o ânus, mas ela impede.
Para com isso. É assim, diz, segurando o pau dele e sentando lentamente de costas para ele. Mirella se movimenta aos poucos, geme, depois mais rápido. Ele segura a bunda dela com as duas mãos. Percebe que

ela toca o clitóris e dá gritos e gritinhos. e um suspiro quando para num repente, o corpo todo assume uma rigidez, os sons de prazer diminuem num fade out.

Mirella se levanta lentamente, um sorriso explosivo. Vê o professor suado, ofegante e com o pau muito duro. Se ajoelha na frente dele.

Fiquei te devendo uma coisa, fala com olhar de coquete.

Ela tira o preservativo e o atira longe. Segura o pau com as duas mãos, mexe devagar, ele responde com um som. Ela aproxima a língua, percorre de leve e finalmente coloca o pau dentro da boca. Vai e volta, devagar e mais rápido, e as mãos dele agora são garras cravadas no tecido do sofá, e a boca de Mirella segue firme, as mãos dela ajudam, o professor com a cabeça pra trás, e já começa a gemer mais alto, e Mirella com a boca chupando o pau com força, com jeito, com uma língua úmida e delicada, e o professor ficando vermelho, e roxo, e Mirella ainda mais rápido, e mais rápido, e mais um pouco, e ainda, até o fim.

Tomada do gozo dele, ela levanta a cabeça, e o vê feliz, em êxtase, e ainda beija o pau dele mais um pouco, últimos carinhos com a língua até parar. Se levanta e vai até o banheiro..

Logo que volta, vê o professor atirado no sofá, apagado. Se coloca perto dele, meio deitada. Enquanto ele cochila, ela pega o celular e faz comentários quaisquer em redes sociais. Pensa em bater uma foto nua com o professor, ri disso e avisa pra uma amiga que não vai pode ir ao níver dela no sábado porque vai pra praia. Embora a chame de amiga, não é mais que uma conhecida da aula, que não faz ideia o quanto Mirella tinha vontade de trepar com o professor.

O professor logo acorda. Se põe de lado no sofá, vê que Mirella segue ali, nua. Ele olha para a boceta dela, totalmente depilada. Passa a mão no próprio rosto, na enorme barba, e pensa que, de alguma forma, os pelos migraram dos genitais para a face. Isso talvez seja uma metáfora do nosso tempo, embora não saiba qual.

Mirella largou o celular. Cobre-se de leve com a camisa dele. Os dois sabem o quanto é difícil dizer algo; ou o quanto é difícil dizer algo que não soe óbvio, engraçadinho ou simplesmente inútil; embora seja difícil crer que tudo que se vá dizer na cama, ou na vida, tenha qualquer utilidade.

Ele se levanta e caminha até o banheiro. Mirella ouve de longe o sons, a descarga, e ele retorna. Está completamente nu. Quando chega perto do sofá, esbarra com a perna numa pequena pilha de papéis, que caem no chão. Ele se abaixa, reúne as páginas e se senta, com elas na mão, em uma cadeira próxima ao sofá, de onde consegue ter boa visão da sua aluna.

Se tu quer elogios, podemos falar sobre o que aconteceu no sofá. Se quer ouvir críticas, posso voltar pro teu texto, ele diz, balançando as folhas.

Mirella tira a camisa e se descobre. Ela está totalmente nua. Faz sinal com a mão para que ele fale. O rosto tem algo de uma atenção, difícil sabe ser é sincera ou falsa. Talvez nunca seja apenas uma ou outra, ele pensa.

Em primeiro lugar, queria te dizer que fiquei de pau duro lendo o texto. E não só por te imaginar, Mirella, como a aluna. Nem por ela ficar pelada a maior parte do tempo. Fiquei com muito tesão, não sei, tu conseguiu construir uma atmosfera sensual. Tem clima aqui.

Que bom que tu gostou.

Não, isso não significa que eu gostei. O texto tem muitos problemas. Erros básicos de tempo verbal, excesso de advérbios, essas coisas... E uns problemas na linguagem, que às vezes fica muito formal, sobretudo na fala dele. Não dá pra acreditar que ele fale assim.

Sim, mas

Ele a interrompe com a mão e segue: E muita repetição de palavras. Isso sem falar na descrição do sexo, com todos os detalhes. Tem umas expressões que tu usa ali que são péssimas.

Respeito tua opinião, professor, mas

Não me chama assim, de professor. Não na cama.

Tava dizendo que isso não me interessa. Tu mesmo disse que ficou de pau duro quando leu. Então não interessa o tempo verbal nem o advérbio. Desculpa.

Mas existem regras no texto, e tu tá estudando pra isso.

Ainda bem que tu não falou em regras antes da gente trepar, senão eu não ia gozar nunca. Aliás, acho que nem ia trepar.

Achei que meu conhecimento te deixava excitada.

Não, ela fala, esticando o fonema anasalado. Eu gosto é da tua barba, da tua voz, da tua bunda.

Está bem. Mas é um conto que tem potencial, procura reescrever. Pensa no que te disse.

Tá, tá, tá..., ela tenta encerrar.

Mirella, ouve. Essa ideia de que deixar um texto pior de propósito como forma de transgressão não me parece transgressão coisa nenhuma. Isso é preguiça. Só isso, preguiça.

É mesmo? Me achou preguiçosa na hora de te chupar?, ela diz sorrindo. Fiquei com teu pau na boca uns quantos minutos até tu gozar. Quem faz isso não se intimida pra cortar uns advérbios, não acha?

Ele fica quieto.

Vamos, professor, responda. Len-ta-men-te.

É verdade, pude apreciar tua articulação oral. Aliás, vem cá... Desde quando aluna de letras trepa desse jeito?

Eu era do jornalismo antes.

Só acho infantil essa provocação, ele diz, mexendo nas páginas. É que nem um amigo meu, o cara faz questão de andar na contramão em estacionamento de shopping. Aí os segurancas de vez em quando apitam pra ele, fazem sinal, ele não dá bola e segue na contramão, se achando o acossado.

Ele coça a barba, Mirella o observa com olhar lúbrico. Ele completa: isso não subverte porra nenhuma.

Professor, é bem tua cara fazer isso no estacionamento. E trepar com tua aluninha gostosa, que tem metade da tua idade, subverte o quê? É tua forma de tentar enganar a morte? Desculpa, meu mestre, mas isso é um clichê narrativo.

Ok, sabidinha. Lugar-comum é a gente discutir literatura pelados. É essa contraposição entre o que existe de mais primitivo e de mais sofisticado no ser humano.

Eu estou adorando. Podemos continuar, ela diz, enquanto se levanta do sofá e desfila pela sala. Pode seguir me dando lições, eu sou tua aluninha curiosa e sedenta pelo teu conhecimento. Então me diz como eu posso melhorar meu texto.

Ela se levanta do sofá e anda pela sala. Ele a observa desconfiado, mas tenta: Em primeiro lugar, acho que tu devia investir na forma.

Mirella se olha no espelho. Põe as mãos nas nádegas e pergunta: Na forma, professor?

É, ele diz, bastante atento.

Eu invisto bastante. Afinal, é o melhor recurso pra esconder a falta de conteúdo, não acha? É por isso que as academias estão sempre cheias.

De letras ou de ginástica?

Sem brincadeiras, professor. Estamos tentando discutir um assunto importante.

Muito bem. Eu acho que, ao contrário, muitas vezes o conteúdo pode se manifestar através da forma. Ou a forma pode potencializar o conteúdo, deixá-lo ainda mais atraente.

Como este silicone aqui?, ela aponta para os seios. É verdade, acho que isso potencializa bastante meu conteúdo.

Peitos com silicone talvez sejam um símbolo do nosso tempo, quando se busca soluções imediatas, uma época de fetichização do corpo, de objetificação da mulher. O prazer como objetivo máximo, sempre próximo, sempre à mão. A beleza que pode ser comprada. O produto inorgânico inserido dentro do ser orgânico, mostrando a quebra das fronteiras, a falência dos limites. Ao mesmo tempo, o material sintético, sinal do que é descartável. O sexo tem se tornado um reflexo da patética tecnologia, que faz coisas incríveis, mas sempre obsoletas. Teus peitos podem ser os mais lindos da sala hoje, mas, no semestre que vem, tu não vai estar mais aqui, haverá outra aluna melhor, com peitos maiores. E que não faça, no texto, longos, intermináveis e excessivamnete adjetivados discursos ideológicos, que só deixam o conto pesado.

Ele respira. Há que se buscar a leveza, Mirella.

Tenho cinquenta quilos, acho que minha busca pela leveza teve êxito, ela disse, rindo. De qualquer forma, essa discussão da forma e do conteúdo está batida. O confronto entre a beleza e o conhecimento. Não, isso só estragaria minha narrativa.

O sexo e o intelecto são formas de poder, mas não diria que isso seja um confronto.

É verdade, até porque se pode ter os dois, ela aponta para si mesma. Ele olha para o pé dela, que percorre semicírculos no piso de madeira. As pernas são um pouco mais grossas do que ele considera o ideal, e não muito compridas. Nem o pior escritor poderia dizer que são longilíneas.

Professor?, ela coloca as mãos na cintura. Não quer brincar mais?

Ele olha para o rosto dela. Mirella prossegue: A gente tava naquela parte entediante dos conselhos. Senti falta de algo mais teórico.

Quer que eu fale sobre paraquemas? Identifiquei alguns. Tem até uma epenástrofe.

Ai, sem esse linguajar chulo, por favor! Sou moça de família. Mirella para na frente dele, abre ligeiramente as pernas. Tu não tira os olhos dessa minha bocetinha, né?

Bem, é linda, ele diz, calmo.

Tu gosta de olhar.

Ele apenas olha.

Pode olhar. Me fala mais do texto, tava bem gostoso.

Ele tenta baixar os olhos para as folhas de papel. Hm, tu não pensou em usar campos semânticos? Isso talvez funcionasse.

Ela põe o dedo nos lábios. Fiquei pensando: será que semântico vem de sêmen?

Ah, bem lembrado, Mirella... O uso de trocadilhos só enfraquece teu texto. Sem dúvida é um recurso imaturo.

Sabe o que acontece com o fruto que amadurece? Cai e fica podre, morto. Quem quer isso?

Mirella, tu não dá a mínima pro que eu tô te dizendo, não é? Tem mil coisas pra melhorar no teu texto, mas tu não ouve. Tu é impenetrável.

Ui, professor. Achei que era pra evitar os trocadilhos.

Me ouve. Teu texto tá cheio de ecos, de rimas. Tá muito sujo.

Dizem que sujo é mais gostoso.

Ele tem a expressão séria. Ela desliza pela sala. Sala que vai ficando escura com o poente.

Outra coisa, essa transformação da tua personagem é meio inverossímil. Ela começa toda frágil, mas depois de transar com ele se sai toda soberana, confiante, cheia de respostas. O que tu me diz dissso?

Poderia te dizer que a confiança é um mecanismo de defesa contra a enorme insegurança que toma conta dela por estar nua, na casa do poderoso professor, discutindo o próprio texto. Mas acho que seria muito óbvio. Então, quem sabe assim: ela conseguiu o que queria, e apenas se sentiu bem com isso. Quem se sente bem costuma ficar mais confiante, né?

O que *ela* queria? Achei que o desejo fosse dele.

Meu querido, as coisas mudaram nos últimos anos, tu já deve ter percebido. No meu conto, a aluna é o sujeito, o professor é o objeto.

Essa metáfora linguística já está desgastada. Se fosse o caso, poderia tentar alguma coisa com a regência do verbo, sobre reinar. Aí a personagem chamar-se-ia Regina, que tal?

Melhor não, fica muito óbvio.

E por que tu não colocou um nome no professor?

Fiquei na dúvida, mas acho que isso foi preguiça mesmo.

Se ele tivesse um nome, qual seria?

Eu até tinha pensado em um: Vladimir.

Hm, imagino que isso traga um subtexto, ou que tenha um significado filosófico submerso.

Que nada, era só o nome de um vizinho de praia.

Mirella vai até o interruptor e acende a luz. Melhor assim, né?, ela diz. Pra tu me olhar melhor.

Ele, sentado, de cabeça baixa, voltado para as folhas, não responde.

O que mais, profe?, ela insiste.

Não sei, Mirella. Acho que, no fim, teu texto é uma mentira que não convence.

Tu é bom de mentira? Deve ser, né?

Um pouco. Tem que prestar atenção numas coisas.

Me ensina isso também.

Por exemplo, se o marido chegar em casa mais tarde e disser que demorou no supermercado, pode ser que a mulher não acredite. Se disser que demorou no súper porque o cartão de crédito de uma senhora não funcionava e ela criou uma confusão, talvez melhore, mas não o suficiente.

Sei.

Agora, se disser que a demora foi porque o cartão de crédito de uma senhora obesa não funcionava, e ela ficava gritando que precisava das barras de cereal para uma nova dieta, aí ficaria bem convincente.

Eu nunca pensaria nisso. É que sou ingênua.

Claro, ele completa, se ele disser que demorou porque uma gangue de anões albinos brigou com o gerente do súper e destruiu os folhestos de promoção, aí vai começar a soar falso.

Nada disso vai adiantar se ele não entrar em casa com as compras, ela argumentou.

Eu sei, é só um exmeplo.

Coitada, tua mulher deve sofrer com essas tuas mentiras esfarrapadas.

Como tu sabe que eu sou casado?

Quem não descobre isso em dois ou três cliques?, ela meio que balança os ombros, achando isso ridículo.

Ah, mas se tu sabia, preciso te perguntar... que tipo de mulher se envolve com homem casado?

Quem disse que eu me envolvi?, e ela é quase sádica de tão linda ao dizer isso. Mas não tenho nada com a relação de vocês. Cada um faz o que quer.

Que bom.

E tem mais, ela diz. A fidelidade é a nova virgindade. Daqui a pouco, né?

Tu não tem vontade de ter um relacionamento sério com alguém?

Olha, profe, tem um amigo meu, uma cara mais velho, que nem tu

Não precisa me lembrar disso a cada cinco minutos.

Tudo bem, eu levo na boa, ela diz. Mas meu amigo me contou que pra acontecer um acidente de avião é preciso ter umas duzentas coisas dando errado ao mesmo tempo. Que se for uma pane só, um erro só, o avião não cai.

E o que tem?

Um casamento é um desastre aéreo, só que ao contrário. Não acha?

Talvez. Um texto literário também.

Mas agora chega, tá?

Ela se aproxima da cadeira dele. Levanta daí, diz.

Ele se ergue, e os dois ficam de frente.

Mirella passa as mãos pela barba inquieta, a língua percorre lentamente os lábios dele, que não reagem. Ela tenta colocar a língua na boca dele, mas ele mantém os lábios cerrados. Ela desliza para o pescoço dele e lambe aos poucos; com as mãos, acaricia o rosto. De súbito, se volta à boca e consegue juntar as línguas. Dá aquele beijo maleável, que oferece ao outro a sensação de controle. Ela segura com as duas mãos o rosto dele, e o professor agarra as costas dela.

Mirella interrompe o beijo, e os dois ficam com o rosto colado. Olhos que faíscam, ele pensa, odiando a frase. Ela dá um passo para trás. Vê que ele está com o pau muito, muito duro.

Ah, a teoria do efeito, fala rindo.

Ele se volta para ela e tenta um novo beijo. Mirella dá mais um passo para trás. Corre até o sofá e pega suas roupas.

Para com isso, Mirella, ele diz.

Ela pega o sutiã e coloca com rapidez. Faz o mesmo com a calcinha. Depois a blusa. Ele só olha.

Essa antítese de strip está me deixando louco.

Ela veste a calça, as sandálias. Ajeita o cabelo em frente ao espelho. Caminha até ele, que a observa,

Uma última coisa, professor. Se for corrigir o tempo verbal do conto, deixa tudo no passado, tá?

Dá um beijo no rosto, um sorriso, e vai até a porta.

Arruma ao menos os erros de digitação, vai!, ele gritou, já ouvindo a batida da porta.

> Eu já tô na Puc. Quanto tu chegar, me encontra ali na biblioteca, pode ser?

na biblio, ali na frente mesmo??
Beleza. Só please não repara na minha cara que não tô no melhor dos meus dias

> Tá, prometo ficar de olhos fechados ao teu aspecto pouco agradável.
> Vou estar atrás de uns livros, me encontra entre as prateleiras!

sim, mas oinde? a biblioteca é enorme

> Faz parte do desafio me achar!

tipo onde está wally?
só se tu tiver de camiseta listrada vermelha e branca. adoro brincar de wally

> Vai ser uma brincadeira divertida então.
> Tô de camiseta preta.

Mas sério, como diabos eu vou te achar na biblioteca?

> Foi fácil até. A conversa que foi surreal, todavia.

Haha. No minimo engracado, ne

> Mas Mirella, olha só. Peço desculpas de verdade por ter te decepcionado. Não quero que tu te afaste de mim por causa disso, porque, como te disse, eu te acho uma pessoa interessante e uma boa companhia. Independente da parte sexual. Eu tenho tanta vontade de tocar nas tuas palavras como no teu corpo. Beijo grande com muito carinho.

Relaxa, tá tudo bem. Eu gosto um monte de ti também. Foi engraçado. Hehehe

> Hoje tô super zureta por causa dos remédios e tenho que apresentar um teatro EM LIBRAS pra aula, acredita? vai ser uma beleza

Eu pagaria em moedas de ouro pra ver isso!

> Vou ser o anão da branca de neve drogado

Tu tá mais pra branca de neve!

> Eu ia ser, mas daí meu colega vai ser pra ficar mais engraçado
> pernas peludas com o vestidinho e tal.
> To levando a fantasia

Eu achei que tu tava brincando!

> Não!!
> Nada como fazer faculdade de letras, hein?

> Vai hoje no evento?

Ah, sim. Eu ia sair com um boy mas ele tava prestes a me dar bolo entao vou aproveitar pra dar o bolo primeiro. Onde vai ser?

> Ah, como alguém seria insano a ponto de dar o bolo em ti? (e eis que eu faço uma idealização exagerada, utópica e sobretudo contraproducente, como se espera de uma idealização)

Vixi, acontece toda hora. Eu nem levo a sério mais quando marcam alguma coisa.
Mas é ótimo, na verdade, porque quero ir sim. Onde vai ser? No centro?

> Dá uma olhada no site. Tem debate e depois sarau, onde autores bêbados (como nós) leem seus textos ruins (diferente dos nossos), e a gente bebe e é bom.

Curti a parte em que a gente bebe
xo ver

Ah, tem um que foi meu prof no colégio
na época em que eu era uma menina inocente
que amor
ele vai participar do sarau hj

Tu era uma menina inocente?

Na verdade, não, mas deixa eu fingir

Há! Sabe que eu acho que tu tem uma pinta de inocente sim? Acho que é essa junção de ternura e (promessa de) safadeza que é teu verdadeiro golpe. Além da parte intelectual, claro, mas isso não conta pra todo mundo. Mas por que eu sigo te fazendo elogios?

Alguém tem que manter essa autoestima minimamente regular. Porque esses boys da minha idade, olha, vou te contar, tá foda. Tá foda mesmo. Quase cogitando o lesbianismo.

Confesso que gostei de ouvir isso, embora lamente parcialmente. Tô quase te mandando flores e um bilhete amoroso (não!) Mas de qualquer forma eu sempre acreditei que podia te dar quase tudo que tu precisa. Viu, sua linda? (quem disse que eu vou parar com os elogios?)

Por favor, sem flores e sem bilhete.

Achei o livro que tu pediu. Se quiser, posso levar e te entregar na segunda. A gente pode se encontrar na biblioteca. Tô brincando, já desisti.

Sim, que horas tu vai ta la segunda?

Eu dou aula até as 17h30, mas sempre fico um pouco mais, tô cheio de coisas pra ler. Te espero na boa.

oks eu devia ter te dado o livro sexta

Essa frase ficaria melhor sem "o livro".

rs sabia que tu ia fazer alguma piadinha
i know you too well.

Eu sou muito previsível, eu sei.

Viu o link que postei?

O que é isso? Uma página tipo pra pegação? De desconhecidos?

participe
Professor também ama
manda pras tuas aluninhas
e te divirte lendo as postagens a meu respeito
mais pro início ehehe

> Qual postagem é sobre ti?
> Bah, eu li. Bem hard isso.
> Por que não tinha no meu tempo de faculdade?
> Ah, sim: porque não tinha INTERNET
> no meu tempo de faculdade.

estou falando com uma pessoa que
não sabe o que é o Spotted. Jesus.

> Tu não tem noção o quanto que eu
> desconheço do mundo dos JOVENS.

"Uma moreninha coisa mais linda que estava na
parte de fora do prédio do letras ontem (sexta),
por volta das 21 e pouco, com um shortinho jeans
super provocante. Tu é linda!
Fiquei te observando indo e voltando."

shortinho provocante
o short era todo esfarrapado

> Tu foi de shortinho? E eu perdi isso?

eu sei quem é, tem um cara meio obcecado
com a minha pessoa sabe lá deus por que

> Deve ter vários.
> Nem sonho o motivo.

deve ser os óculos
nossa to conjugando tudo certo hj
gramática oi

> Teu rostinho é muito lindo, teu sorriso tem uma mistura de timidez com sensualidade.
> Teu olhar tem um quê de desamparo e um tanto de provocação. Fora isso, nada demais mesmo.

> Ah, e teu corpinho. Bom, isso eu não consegui analisar direito ainda.

desamparo EHE
geralmente eu vou de short nas sextas
pq dps vou pra ~~balads~~
se bem que agora não vou mais
porque o tio me proibiu de beber
esqueci de perguntar pra ele se maconha e coca tavam autorizadas, mas imagino que não
qual a graça da vida agora?

> Eu te encontrei na sexta e tu não tava de short. Que pena, senão aquela biblioteca...
> Aliás, tu não tem uma foto tua de biquíni pra me mostrar? Já que eu não vou ver ao vivo, podia ser contemplado com um registro fotográfico.

Hahahaha. Tenho só uns bons kgs mais magra e com 17 aninhos daí não é justo, aquele corpo e inocência não me pertencem mais
*com uns bons kg
AFFPROZAC DE MERDA
NAO ME DEIXA ESCREVE DIREITO
PRA PORRA COM ESSES REMÉDIOS

> Mostra assim mesmo, vai.
> E os remédios que apertam o caps lock?

DSCN007161.jpg
ai, magra q eu tava

> Que gracinha. Tu é mesmo muito querida.

Era feliz ainda nessa época
Veja que sorriso sincero

> Muito bom. Realmente tu parecia feliz.
> Não tem nenhuma que tu
> não possa mostrar nas redes sociais?

Nops.. Todas fotos de biquini são assim,
nada muito ultra sexy ;/

> Ah, que pena. Tu nunca deixou algum
> namorado bater fotos, digamos, bem sensuais?
> Quer dizer, pelada mesmo?

Hahahaahahah eu tinha umas
Quando namorei a distância
ele nem deu bola pras minhas fotinhos
mas agora deletei..

> Sério? Mas tu que tinha batido?
> E mandou pra ele? Demais isso.
> Eu bati já umas quantas.
> Detalhe: antes da máquina digital, tinha que
> bater com filme e mandar revelar. Tenso.

ta zuando q tu mandava revelar msm?

> Sim, eu mandava revelar, não tinha outro jeito. Faz isso então pra mim.

> Aliás, vi essa aqui e lembrei de ti...
> http://www.top-5-dos-erros-no-sexo/

ameiiiiiiiiiiiiii
http://501loucaspralavar.tumblr.com/

> Poxa, eu te ofereço putaria da boa e tu me retribui com louça suja?

vou te mandar meu capitulo novo de putaria
oprofessor.docx

> Valeu. Vou ler amanhã de manhã pra ficar de pau duro na Puc.

Oba. Pra começar o dia bem

> Isso. Falar em pau duro, tu nota quando um cara tem uma ereção na tua frente? Tu olha pra calça dos homens pra analisar o volume?

Ahaha nao

> Olha o meu impublicável.docx

Eu so tiraria a ultima frase, que ja ta implicita

> Tenho dificuldades em deixar implícito. Acho que escrevo feito um ator pornô.

inacessível

Lucinha abre a porta do apartamento e entra. Caminha até a sala. Põe a bolsa em cima do sofá, vai até o banheiro. Ouve-se o som da pia, mãos lavadas.

Retorna à sala, ajeita um pôster de filme na parede, que estava torto. Procura pelo marido, chega ao quarto. Ele está andando de um lado para o outro, remexendo nas coisas, impaciente.

Oi, ele diz sem interromper o que faz.

Oi, ela responde. Espera que ele diga algo.

Caio para e se volta para ela.

Lucinha, tu sabe onde tá meu caderno de anotações?

Qual?

Aquele preto, eu deixei em cima da cama.

Por que tu deixou teu caderno em cima da cama?

Essa pergunta tem qualquer relação com o objetivo de encontrar o caderno?

Ela fica quieta.

Pode me dizer se tu viu ou não?, ele insiste.
Não vi.
Bom, mas somos só nós dois nesta casa.
Tudo bem, eu posso ter guardado, não é ali o lugar mesmo, nem me lembro.
E tu vai me punir por ter deixado fora do lugar? Vai me impedir de usar o caderno? Poxa, Lucinha, eu tô com uma ideia, preciso dele.
Tudo bem. Fica à vontade pra encontrar.
Isso que tu faz é perverso, sabia?
Não, perverso é tu me tornar a depositária de todas as culpas.
Ajudaria se tu não tivesse culpa. Se meu caderno estivesse onde eu deixei. Mas tu gosta disso, né?
Do quê?, ela pergunta, entediada.
Do poder que tu obtém sabendo onde estão as coisas. O poder da informação.
Que bobagem é essa?
É isso mesmo. Tu adora mudar as coisas de lugar, guardar aqui e ali, tudo pra me enfraquecer, me deixar subordinado a ti.
Ela reage perplexa.
É verdade, não faz essa cara, ele engata. Enquanto eu precisar de ti pra achar meu caderno, eu fico dependente. Tu gosta disso, porque te sente necessária.
Eu não faço nada disso. Tuas coisas ficam largadas por aí, e eu tenho sempre que dar um jeito. Estou correndo por ti, passando a mão na tua cabeça. Afinal, o senhor intelectual não pode se mexer pra guardar a

droga de um caderno no lugar, ou as roupas, ou

Pode parar, que ontem eu guardei as roupas, lembra?

Depois de eu pedir seis vezes. *Seis vezes*. E, se é assim, esse jeito de deixar tudo espalhado não é uma forma de poder? Hein? De mostrar que tu pode tudo, que não tem nenhum limite.

Lucinha se levanta e dirige a ele um olhar sério — é um olhar que ele teme — e sai do quarto.

Caio volta a procurar o caderno. Abre gavetas, revira papéis, tenta a porta do armário, há somente roupas. Em alguns minutos, desiste e vai para a sala. Lucinha está sentada no sofá com umas folhas na mão, terminando a leitura.

Que droga é essa, Caio?, ela fala, balançando as páginas.

Um texto.

Teu?

Sim. Por quê?

Como tu acha que eu me sinto ao ler isso?

Não começa, ele mexe os braços como defesa.

Eu sei que tu teve uma aluna que se chamava Mirella, assim mesmo, com dois *eles*. Ela é metida a escritora e é bem esse estilinho, de se atirar pro professor.

Ah, Lucinha, tu não pode dar bola pra essas alunas. Isso é assim, ninguém sobe num palco impunemente. E eu não tive nada com ela. É tudo ficção.

Mas parece estar querendo, não é?

Eu já te disse, coloco no papel pra não colocar em prática.

Isso não me serve.

É incrível. Eu nunca te traí, mas sou sempre acusado. Juro que jamais fiz nada com a Mirella.

Então por que escrever isso? Por que usar tantos elementos da vida real?

Isso se chama autoficção, e é uma prática socialmente aceita.

Que droga tu tá falando?

Lucinha, presta atenção. Esse é um conto de ficção. Tu não pode usar meus textos pra discutir nada além deles mesmos, ele diz, e olha direto para ela. Claro que, pra isso, tu teria que ler o que eu escrevo.

Acabei de ler, Caio. E fiquei bem preocupada.

Porra, eu escrevo um romance, não sei quantos contos, resenhas e artigos acadêmicos, e tu não dá a mínima. Agora que faço um texto bobo, mas com algo que te ameaça, tu sai correndo pra ler.

O conto tava aí em cima, esperando pra ser lido. Tu deixou de propósito, aposto.

Não acredito, sério, ele caminha dando voltas.

Caio, tu fica longe dessa Mirella. Tô avisando.

É isso mesmo. Tu tá certa nessa tentativa insana de me castrar. Assim tu te previne do teu maior medo. É uma ótima ideia, tu deve achar que o único homem que não trai é o eunuco.

Ela fica quieta. Ele abre os braços. Vem cá, dá um abraço no teu eunuco!

Que bobagem é essa?, ela larga as folhas no sofá e volta para o quarto.

Ele fica parado, arfando. Depois, vai atrás dela.

Lucinha, eu te amo. Tu é a mulher da minha vida, sempre foi. Eu não tenho interesse nenhum nessas meninas, não dou a mínima pras fotos de biquíni que elas postam, não fico pensando que às vezes só falta pedirem pra chupar meu pau. Isso não me seduz. O casamento guarda outros valores, minha amada, é isso que me importa. É estar contigo. E só.

Quantas vezes tu vai repetir esse mesmo discurso?

Lucinha, se eu quisesse destruir tudo que temos, eu simplesmente destruiria. Pegava uma marreta e destroçava tudo que nos une, que sempre nos uniu. Mas não é isso. Eu quero que a nossa história continue sendo escrita, mesmo que com uns conflitos aqui e ali. Se não tivesse, não ia ter narrativa. Ia ser uma droga de uma prosa poética.

Ela apenas observa, confusa.

A nossa história pode ter conflito, ele segue, mas vai ter desenlace e a porra de um final feliz.

Ela passa por ele e vai até a cozinha. Ele vai para a sala e se atira no sofá. Ouve o barulho da geladeira aberta, armário, copo, água.

Ela retorna dando um gole. Quer falar do conto então?, diz, séria.

Não tem necessidade, vamos deixar assim.

Tu acha que eu não sou capaz, não é?

Claro que é, tu é uma mulher brilhante, isso eu nunca neguei. Ele mexe os ombros. Vai em frente..., diz, desconfiado.

A ideia de fazer um texto cheio de erros e simular que é da aluna, pra usar uma expressão que tu gosta, *não funciona*. Os erros ficaram falsos, artificiais. Outra coisa: ninguém vai acreditar que o conto é da aluna. Tá na cara que foi escrito por um homem.

Isso é porque tu não entendeu. A ideia era primeiro fazer o leitor pensar que era um texto ruim, cheio de problemas. Depois, que pensasse que era o conto da Mirella, com os problemas apontados pelo professor. Mas o leitor mais atento chegará ao ponto: o texto é escrito pelo professor, simulando o texto ruim da aluna. Ora, o conto "real" da aluna jamais teria uma cena de sexo assim. E os erros de fato não se parecem com os que as pessoas cometem de verdade. São forjados.

Ele espera a reação dela, que não vem, e segue: Então, eu espero que, no fim, o leitor conclua que esse conto não pode ser da Mirella, apenas do próprio professor.

Desculpa, mas ninguém vai entender, ela diz.

Tá desculpada.

Ela segue séria. Ele dá um sorriso que não devia. E me diz uma coisa... tu ficou com tesão?

Com aquela cena de sexo saída de filme pornô nacional? Tu não sabe absolutamente nada sobre as mulheres, né?

Ele nega com a cabeça, meio inconformado.

Lucinha o observa com calma.

Caio, vou te dizer uma coisa, pensa bem nisso. Não

sei por que tu perde tempo estudando e ensinando essas técnicas todas. O público não dá a mínima pro advérbio, pros ecos, como tu fala, ou pra repetição de palavras. O público tá só pela emoção.

Isso é bem discutível.

E tem mais: precisa sempre falar da construção do próprio texto? Até quando vocês vão usar esse recurso infantil?

E o que seria maduro e digno, me diz?, ele pergunta. Ela segue como se nem tivesse ouvido.

Por que tu não escreve a história da conversa do professor com a mulher? Os problemas deles em casa, a dificuldade imposta pela rotina. Hein, quem sabe um pouco de realidade?

Depois da idealização, a realidade seria intragável.

Caio levanta do sofá, passa por ela e vai até o quarto. E deu desse assunto, tá?, grita.

Lucinha vai atrás dele. Vem cá, tenho mais uma sugestão. Tu que adora essas gracinhas, essas subversões levianas, quem sabe escreve um texto inteiro sem nenhum acento. Ou talvez apenas numa página. Nenhum acento na página 47, ou na 92, hein? Só pra surpreender, ela diz, indo perto dele.

Ninguém ia notar, ele diz. E, se notasse, não ia entender. É que simplesmente não faria sentido nenhum.

Tem coisas que não fazem sentido mesmo. Que nem andar na contramão em estacionamento de shopping.

Será que todo mundo vai me torturar por causa disso?

Ou então por que tu não coloca um bate-papo entre o professor e uma aluna? Desses de internet ou celular? Teu personagem deve ser bem chegado a essas conversinhas com as alunas, não é? Papinho inofensivo, um duplo sentido de vez em quando, um elogio... e elas caem.

Caio respira e não consegue responder.

Me diz, não é do perfil do professor esse tipo de coisa?

Não sei, acho que sim, ele diz nervoso.

É, eu imaginei, ela com olhar ambíguo. Preciso de um copo d'água, diz, e vai para a cozinha.

E eu, de paz, ele diz, e vai para a sala.

Lucinha volta da cozinha com um copo d'água.

Por que isso?

Isso o quê?

Tu tava bebendo um copo d'água, mas agora pegou outro.

Que diferença faz pra ti? Quem vai tomar sou eu.

Sim, mas eu fiquei curioso. Só queria saber.

Tudo tu quer ter o controle, né?

Isso não é ter o controle. Eu só quero a informação.

Informação é controle, tu mesmo disse.

Controle seria se eu fosse tirar o copo de ti. Eu não vou interferir. Só quero entender.

Se tu fosse tirar, ia ser opressão. E quer saber?

O quê?

Se tu não ficasse sempre tão desconectado, isso não aconteceria.

Como assim?

É impressionante, tem vezes que tu parece que tá em outra frequência, em outro planeta.

Eu fico tendo ideias, só isso. Mas agora é tu que me acusa?

É pra ver se tu entende. Eu te falo as coisas e não entra nada. Tu fica inacessível.

Tá bom. Eu que não ouço. Vai ver que é isso.

De verdade, eu me sinto desperdiçada. Por acaso tu encomenda uma pizza e, quando ela chega, tu joga no lixo? Então, por que faz isso com o que eu te digo?, e ela balança a cabeça em sinal de pouca esperança.

Que analogia horrível, ele diz. Mas tudo bem, vou tentar entender. Só me dá um exemplo.

Lucinha segue firme diante dele. Mede com calma, suspira antes de falar.

Semana passada. Tinha aquela janta aqui, tu só ficou com uma tarefa, já que tu tava em casa mais cedo, que era arrumar a mesa antes da hora das visitas chegarem.

Eu te falei que eu tava com uma ideia e precisava escrever.

Tinha que ser justo na hora de botar a mesa?

Bom, tu casou com um escritor ou com um garçom?

Casei com um homem.

Eu não ligo pra essas merdas de normas sociais. E tem mais: fiquei escrevendo o texto que tu leu há pouco. Isso não vale mais que botar a mesa? Ninguém comeu no chão por minha causa no fim.

Todo teu esforço construtivo tu coloca no teu trabalho. Não sobra nada aqui pra nossa casa.

Eu não me interesso por essas coisas, tu sabe bem.

Tu não é capaz de trocar uma lâmpada. Sobra tudo pra mim.

Bom, é um ótimo exemplo de como eu não sou machista.

Ah, mas todos os protagonistas nos teus textos são homens. E quando as mulheres aparecem, elas são sempre meio caricatas, que nem essa Mirella. Não é verdade? Já ouvi tu te queixar de uma crítica assim que recebeu num blogue.

E daí?

Sem falar que tu julga que elas são todas meio putas. É machismo, sim.

É mesmo? E se for, por que isso te afeta?

Ora, é evidente. Eu sou mulher!

Eis é uma coisa que *me* incomoda.

Não acredito, ela diz. Toma a água, larga o copo sobre uma mesa. Olha para os lados como quem procura qualquer pretexto para encerrar o assunto.

Lucinha, olha pra mim.

Ela se atira no sofá, cruza os braços.

Pensa assim, ele segue, o que caracteriza o preconceito é a incapacidade de olhar pro outro, de aceitar a diferença, certo?

Ela faz que sim com a cabeça.

Então, o que acaba acontecendo? As mulheres defendem os direitos das mulheres, os negros protestam contra o racismo, os gays contra a homofobia, e assim vai.

Qual o problema?

Ninguém tá lutando pela causa do *outro*.

Isso é natural, uma coisa de identificação.

Certo, mas não é a falta de identificação que gera o preconceito? Tu não vê que quem luta apenas pela própria causa pratica aquilo que está supostamente combatendo?

Caio, tu tá dizendo a maior merda.

E tem mais: eu, que não sou mulher, nem negro, nem índio, nem homossexual, nem pobre, nem deficiente, nem alcoólatra, nem idoso? O que vou fazer? Por quem vou lutar?

Pelos idiotas.

Ainda assim, não se trata de uma minoria.

Ela não ri.

Não sei o que isso tem com a nossa conversa, ele segue. A discussão toda foi por causa de um conto, uma obra de ficção, algo que não é real. Tu não sabe como me custa acreditar nisso.

Tua ficção tá inserida na *nossa* vida.

Caio suspira, caminha às voltas pela sala. Balança a cabeça de forma negativa, como que discordando de si mesmo, ou de seus pensamentos.

Não faz sentido, Lucinha.

O quê?

Será possível alguém ser tão competente como profissional e tão ruim na vida pessoal? Será que pra ter êxito nos dois a matéria-prima não é a mesma: a essência, o caráter da pessoa?, ele diz, um tanto cabisbaixo. Vai para perto do sofá e faz a melhor expressão de autopiedade, e isso funciona. Ela estende as mãos na direção dele.

Vem cá. Tu não é tão ruim na vida pessoal. Se fosse, eu não tava aqui, e exibe um sorriso verossímil.

Ele se aproxima dela. Por que tu insiste em mim?

Ela faz com os ombros que não sabe, mas seu olhar dá amostras de algum ânimo.

E por que tu tá aqui?, ela pergunta. Tu tem toda a liberdade do mundo pra

Liberdade não existe. Tudo se resume a perceber o tamanho da corda.

O que tu quer que eu faça?, ela diz, serena.

Eu preciso fugir da realidade, Lucinha. Só isso. Tem horas que eu não aguento, não aguento mais.

Ela se aproxima dele, faz um carinho.

Eu odeio a realidade, ela diz, mas é o único lugar onde se pode comer

Um bom filé, ele interrompe.

Uma loirinha de olhos azuis, ela completa, sorrindo.

Mas tu não tá puta comigo?

Eu te entendo. Em parte, ao menos.

Mesmo?, ele ainda defensivo. Toca no rosto dela, desliza a mão pelo queixo, a boca.

E só tem duas coisas que te fazem escapar dessa realidade horrível e enfadonha: a literatura e o sexo.

Ele concorda com a cabeça.

Tudo bem. Então, vamos lá. Eu não vou te perder pra uma estudante de letras de vinte anos, que nem deve saber chupar direito.

Caio controla os comentários. É o único momento em que ele consegue fazer isso.

Lucinha dá um beijo nele, um beijo longo e demorado como ele gosta. Caio beija com a força criativa e a satisfação de estar diante de palavras novas.

Ela põe a mão na calça dele e encontra o pau bem duro. Mexe por uns instantes e vê que ele fica bastante entusiasmado.

Espera aqui, que eu já venho, ela diz, e sai da sala.

Caio tira a calça bem rápido, a cueca. Fica se tocando animado.

Lucinha volta nua, segurando um copo d'água.

Tu gosta de olhar, né?, ela fala, tomando um gole devagar.

Essa é minha mulher, ele diz com gosto. Vem cá.

Não, agora tu vai ficar só olhando. Vamos conversar um pouco. Posso ficar pelada pela sala, que nem a personagem do teu conto.

Para com isso, Lucinha. Essa discussão já era.

E eu peguei mais um copo d'água. Engraçado que agora tu não questionou.

Nem tinha visto. O que tu quer?

Primeiro, olha bem pro meu corpo. Tu não pode te queixar, ela diz, e larga o copo na mesa.

Ele concorda com a cabeça. Segue se tocando.

Tá com tesão?, ela pergunta.

Tu não tá vendo? Olha bem como eu tô. Isso não te interessa?

Pau duro é obrigação, não diferencial.

Ela caminha em direção a ele. Mas o que vou te pedir não é sexual, embora eu use o sexo pra isso.

O que tu quer afinal?

Só combinar umas regras.

Não fala em regras numa hora dessas.

Uns limites pro teu texto.

Texto?

É. Eu preciso me proteger dessa tua *autoficção*.

Do que tu tá falando?

Se tu é chegado em escrever as coisas como elas acontecem, quero garantir que tu não vai publicar nada sobre mim.

Que ideia é essa, Lucinha?

Ou melhor, vou fazer algumas exigências. Pra começar, se for escrever, eu não quero aquela pilantragem de encher de erros. Tem que ser um texto limpo. Tudo certinho, até a conjugação.

Não, a conjugação é demais, ele diz, e vê o olhar persuasivo dela. Vai ficar artificial. Não dá pra fazer isso nos diálogos. É anacrônico. Cheira a mofo, sabe?

Tu sempre foi obsessivo com a gramática. O que tá acontecendo?

Estou tentando amadurecer, ser mais flexível, mais humano, olhar pro outro, essas coisas todas.

Bom, mas eu odeio ler *tu sabe*, *tu foi*. Isso faz mal a pessoas mais requintadas, Caio. Que nem eu, que sou uma dama. Lucinha para na frente dele, abre ligeiramente as pernas. Tu adora olhar pra essa minha bocetinha, né?

Sempre gostei. Desde a primeira vez que tirei tua calcinha, ele responde. Olha pra mim, olha como eu tô. O que mais tu quer?

Só vamos terminar. Tem o mais importante ainda.

O que é?

Sem descrições de sexo. Principalmente as que parecem de filme pornô.

Tudo bem. Eu vou te comer com muito amor, com ternura.

Não precisa virar os ursinhos carinhosos.

Lucinha, para com isso. Tu não vai conseguir me controlar. Eu também não vou fazer isso contigo. Se não existe liberdade, ao menos que haja mais corda. Isso faz bem pra nós dois, certo?

Tu não vai abusar? Não vai escrever minha história? Nem ficar flertando por aí com essas putinhas da universidade?

Claro que não, ele diz. Palavra de escritor. Vem cá, vem.

Ele a puxa pelo braço e a toma em um beijo de fogo verdadeiro. Fazem amor romanticamente.

> E tu, tá bem? Tá tão quietinha.

estou me divertindo absurdamente com o livro que tu me emprestou. Serio, valeu pela recomendação. me identifico absurdamente com a personagem

> Ahá, viu como eu sei te ler?
> E no mais, tem feito sexo?
> (faz tempo que a gente não fala de putaria)

tenho nada, seca desgraçada.

> Jura? Tu diz só pra me provocar, né? Ou seria o contrário: depois que tu me rejeitou, eu te coloquei uma praga para ficar na seca. Será?

ahahahaha. tá foda. :///

> Então, será que nessa hora tu não apelaria pra mim?

para com isso!!! acho que o prozac tirou minha libido pq to bem de boa
enquanto normlamente ia ta enlouquecendo querendo morrer sem sexo e tal

Putz, qual o sentido de um remédio que tira de uma jovem linda e sensual de vinte e um anos a libido?
O que tu ganha em troca? (estou às lágrimas)

a minha sanidade mental

Tu prefere a sanidade ao sexo? Eu trocaria.
Vou fazer uma camiseta:
"Sanidade de pau mole? Para quem?"

ahaha adoroo

Pau mole? Sério?
Tu nunca deve ter visto um!

ba sempre
JURO toda hora
adoram broxar cmg

Incrível, ainda mais contigo.
Tu tem algum detalhe físico assustador?
Entre os detalhes íntimos, digo.

Não, de assustador só a minha psiquê mesmo

Mas eu nunca broxei, não sei como isso é possível.
Só de chegar perto já fico a mil.

Hahaha, duvido todo cara já broxou

> Sério, juro! Não cheguei nem perto disso.
> Não é pra fazer propaganda,
> pois eu posso ficar de pau duro e trepar mal.
> (o que também não é o caso, hehehehe)
> Mas nunca broxei mesmo, eu fico de pau duro
> só de tocar tua mão (não notou na Puc?).
> Imagina se te vejo sem roupa? Não tem como.

Para com esses papos que eu to no trabalho
Ah, btw, olha como eu tô querida
menti pra todos os bofes que tô num relacionamento sério
pra eles não me incomodarem mais
não to afim de trepar
que linda
e santa
aiai castidade
pelo menos assim ninguém me dá bolo

> Acho que tu fez certíssimo.
> Sempre te achei linda e santa.

vou te ver sábado e ja te devolvo o livro
li em 5 dias amei

Posso te levar meu romance?
Tá pronto. Tipo, naquelas, mas tá pronto
164 pag

> Opa! Pronto, hein? Tu é foda.
> Mas não quer me mandar por email
> e eu imprimo na Puc?

Ah, pode ser entonces :} esqueci que tu era o rei da impressão mandarei

Tu quer ler o meu? Vamos fazer aquilo de ler um do outro juntos? E nus?

Vamos
tá muito frio pra ficar nu

Ah, eu ligo o ar.

> E na tua vida? Nada empolgante?
> Como estão os efeitos dos remédios?
> Também não fez sexo neste finde?

zero empolgação, meu bem
nada
cheirei um pouco e quase vomitei
nem as DORGAS me deixam ser feliz mais
mas o prozac tá bem, eu acho
comecei com psiquiatra novo também
agora vou ver se reviso o romance
e mando praquele concurso lá

> Bah, tu acredita se eu te disser que nunca cheirei,
> nunca fumei nem usei droga nenhuma?
> Nem nunca fiz sexo?

> Recebi teu romance, vou ler assim que possível.
> E manda mesmo pra todos os concursos.
> E manda fotos tuas pra playboy.

cheirar é ótimo
mas não quando dá náusea dps

> Sério? O que mais tu curte ou já experimentou?

só coca e maconha mesmo. não uso nada mais
mas agora na europa vou usar

> Rola topless lá?

acho q sim

> Legal, tu pretende fazer? Seria legal.
> Aliás, teus seios não são muito grandes, né?
> Mas parecem ótimos.

AHAHAHAHA
eu mereço ter que ler isso...
em plena segunda-feira de trabalho
claro que vou fazer
chance única

BA ACABEI DE ACHAR O CHOCOLATE
Q TU ME DEU NA BOLSA
TO PRECISANDO MT

> Deguste com carinho e sinta o sabor doce
> como se fosse um beijo meu.

> Essa noite sonhei contigo. Tava tri bom.

Sonho erotico?

> Tu provoca, né?
> Nem era. Sonhei que tu comia batatas.

Batatas. Hmm. Que gordinha.

> Ok, confesso: tu comia batatas seminua, coisa mais linda.

> Olha só, quando tu tá no trabalho fica ruim eu te mandar uma foto com cena de indecência (putaria), né?
> E de noite tu olha teus emails com segurança?

AI MEU DEUS, TU NAO VAI MANDAR UMA FOTO DO TEU TICO NÉ

> Por favor, não chame o meu COLOSSO de tico, ok? Não, não vou mandar. Teu monitor não seria suficiente. Para mostrá-lo inteiro.

HAHAHA, chamo de tico sim se eu quiser

Tranquilo. Na tua boca, fica bem.

Paro a putaria aí

Mas posso te mandar de noite? Tirando tico, tem mais alguma coisa que tu tenha restrição?

Hm, not exactly

Tá, tô brincando. Pode ir trabalhar tranquila, que eu tenho que corrigir umas provas aqui.

good luck with that
Eu to morrendo de ressaca

Ah, que beleza. Mandou ver ontem?

Aham Quase dei no meio da rua
Whisky demais

Qual rua?
(olha a pergunta)

Aqui do lado de casa, voltando do bar
o boy tava me acompanhando até em casa
quando eu vi ele tava com o pau pra fora
sei lá não entendi nada

Difícil de entender mesmo.

Olha essa, saí com um guri lindinho apaixonado por mim, tudo com maior potencial pra dar certo até ver que ele tinha um tiquinho hihi

Sério? E ele se esforçava pra compensar com o resto? Ou tinha a língua curta?

Não chegamos lá ele é meio esquisito

Hmmm, mas como tu descobriu que era pequenino? Só no tato?

aham ou eu tô muito exigente, sei lá
só quero paus lindos
e grandes
e formosos

Eu adoraria te mostrar o meu, tu ia curtir. Não quer mesmo que eu mande uma foto? Orçamento sem compromisso.

Qualquer dia tu me mostra ao vivo.
Só de brinks.

> Pode deixar. Ali na Puc.

Na biblioteca
ah tô pensando se vou terça no lançamento
acho que vai tá tri né??

> Vai sim, tem champanhe liberada, o que está cada vez mais raro. As editoras estão ficando meio pão-duras.

OPA é que tô meio pobre
fica chato ir sem comprar o livro

> Fica nada, ela nem vai notar. Tu conhece a autora?

não ahauahuahua
só queria fazer uma social no meio literário

> Isso. Se ela não te conhece, não tem estresse não comprar. E tem que circular mesmo. Agora, vai guardando dinheiro, que se tu for no lançamento do meu próximo livro e não comprar, te como o rabo. Com todo o respeito.

Hahahaha o teu óbvio né!!
ontem gastei 30 se bem que sair ficar
bebada e só gastar 30 pila tá valendo
só faltou o pau

> Ué, o pau não apareceu? No meio da rua? Por que tu não deu pra ele afinal?

nem sei, é capaz de ter dado e não lembrar

> Sei lá. Ele não te propôs ir pra algum lugar adequado pra isso?

a primeira vez que eu dei pra esse infeliz foi na cozinha da minha casa e eu não lembrava nem de como era o pau dele.
não sei estávamos bêbados

> Tu costuma lembrar o pau de todo mundo?

as vezes eu não lembro nem a cara da pessoa
o pau muito menos
mas quando tô sóbria lembro sim

> Aliás, eu fiquei com uma dúvida da nossa conversa do outro dia (espero que tu lembre desse ponto crucial). Tu disse que tem uns caras que gozam muito e outros quase nada, certo?

aham

> Fiquei pensando: isso tu descobriu com os caras gozando DENTRO de ti? Tipo, sem camisinha? Dá pra sentir isso?
> Ou eles costumar sair gozando pra cima feito uma mangueira transloucada?

não, no blowjob né baby
as vezes sai horrores
aí é uma tristeza pra engolir
aquela porra (literalmente) toda

> Deve ser hilário.
> É muito ruim? Não consigo imaginar.

> tem uns que tem gosto
> tem uns que não tem gosto daí é tranquilo
> nunca vou entender

Sério? Gosto ruim? Ou de morango? Porra sabor abacaxi.

> gosto de podre daí é foda

Ah! Que droga. Nunca pensei.

> eu tô tão forever alone
> que esses dias eu sonhei
> que ia no motel sozinha
> pra usar meu vibrador
> pode uma coisa dessas?

Sensacional. Muito mais clima.

> né? e aí eu ficava tri constrangida
> as pessoas me perguntavam
> pq eu tava sozinha no motel
> lindo inconsciente humano

> Olá, Tati! Tudo? Olha só, vamos retomar nossos planos? Que tu acha de conversar naquele teu horário pré-aula amanhã?

Oi, tudo. Nessa quinta eu vendi minha alma para o diabo, mas pode ser na semana que vem?

> Opa! Claro, pode sim. Quanto custa tua alma?

Tá bem baratinha...
Mas tu não vai querer, é uma assombração.
E dá eco.

> Adoro problemas. Semana que vem então.

Sim. Sabe que eu quase acredito que tu gosta de problemas e problemáticos.

> Pois é, eu confesso que ando mais afastado de problem(áticos) que em outros tempos. Aliás, preciso sublinhar que tu está muito interessante nessa pose misteriosa-sedutora da foto.

Obrigada! Ganhei o dia.

Ah, legal que tu curtiu. Quando quiser mais, é só avisar. Tu é uma pessoa altamente elogiável. Beijos e bom finde.

Tá, vamos nos ver semana quem vem? Um café? Beijos.

> Saí da seca, graças a Deus.
> só queria compartilhar isso contigo.

Droga! Quer dizer, que bom.
Me dá detalhes?

> um ex-ff convidou pra sair ontem
> tipo, segunda
> um ótimo dia pra se ir no motel

Estava bom?
Algum fato diferente ou digno de nota?
Quantos orgasmos aconteceram?

> Hahaha, ele gozou pra caralho,
> foi insuportável de engolir ¬¬
> Lembrei da nossa conversa até
> Pra acontecer um orgasmo,
> só com milagre de minha parte

Que bom que tu lembrou de mim
COM UM PAU NA BOCA.
Fico bem feliz.

> Da tua parte, talvez seja necessário um pouco mais de técnica do parceiro. Mas não vou insistir com isso que vai ficar redundante. Com o vibrador tu goza legal, né?

Uhum, 10 minutinhos e tá feito
amo o barney
ele é roxo por isso esse nome

> Hahaha, quase cuspi o café, porra!

tenho que divertir alguém, né

> Ah, curtiu o link que publiquei sobre fazer sexo com professores? Eu juro que ia te marcar ou colocar um "viu, Mirella", mas achei que ia pegar mal em casa.

sabia que tu tinha pensado em mim

> Tô sempre pensando em ti. Aliás, tu viaja quando?

quinta que vem! to bem loca

> Já? Quanto tempo?

40 dias dont miss me too much
tava corrigindo os troço aqui, mas meu prof falou que textos literários não necessariamente tem que seguir a gramática a risca, aí fiquei confusa
aff quero beber me dá um absinto?

> Vamos beber amanhã?

Ai... pensei em ti ontem! Fim de semestre, Mr. Chaos me atucanando, e tu?

Oi, Tati! Pensou, é? Fala mais sobre isso!

Pensei que fazia tempo que não conversava contigo (comparando com a gente chata com quem ando convivendo). Isso decorre de um jantar que tenho que ir hoje, no qual o nível de hipocrisia e idiotices será elevadíssimo, queria fazer piadas que só alguém como tu entenderia.

Bah, tu me deixou essa mensagem megabacana e eu nem vi na hora! Como estava o jantar?
E vi teu email.
Foto com nudez eu tenho um outro projeto, mas só te conto pessoalmente.

Vai à merda.

Como assim?
Pior que é sério!

Eu sou defensora da liberdade de ir pelado,
mas isso não quer dizer que eu vou
ir pelada a qualquer lugar.
Aliás, nem sei por que te levo a sério.

Calma, calma, juro que
não estava fazendo qualquer tipo de proposta
para tu ir pelada a qualquer lugar.
Mas é que tenho mesmo uma ideia de um projeto
que envolve nudez (não tua, de um modo geral),
e queria te contar pessoalmente.
E tu me leva a sério porque eu sou
louco por ti, mas é platônico, não deve
envolver qualquer tipo de nudez.

Ah, ok. Que bom que nos entendemos.
Sério, tu é absolutamente ambíguo
comigo e sabe disso.
Eu quero que tu saiba
que eu sei disso também.

Eu sei disso e pode ter certeza
que eu não tomaria nenhum passo
além das frases ambíguas.
(um tanto por imenso respeito a ti e outro tanto
pela certeza de que não seria correspondido)

A resposta é resposta nenhuma.
Muita pós-modernidade para mim.

Há. Cuidado, que resposta nenhuma (em vez de
resposta negativa) pode soar encorajador.
Ainda que pós-moderno.

Nem vem. A gente nunca vai terminar de falar, tu é terrível nessa coisa da linguagem.

Tu que me inspira a ser terrível. Aliás, tu me inspira a muita coisa. E fico feliz com a chance de poder externar isso vez ou outra. Ainda que tenha que ter esse limite da ambiguidade.

bá, obrigada por responder, profe

Imagina, Paulinha! Estou aqui pra isso!

eu ja tava achando que tu tinha odiado meu conto fiquei o findi todo cuidando o email que bom que tu curtiu

Putz, desculpa te deixar na expectativa. É que no finde eu fico meio offline às vezes, e tinha que sentar na frente do computador pra responder.

tava pensando em chegar mais cedo hj pra gente conversar sobre esse e quem sabe tu me ajudar e ver o que eu faço

Claro, eu tô indo pra Puc em dez minutos.

feito então, vou só arrumar uma carona e já vou tb

Certo, até logo mais então.

Hoje no departamento fiquei sabendo do teu projeto novo. Tu vai fazer algo com diálogos? Conta pra tua colega favorita?

Oi, Tati! Como tu soube? Mas, sim, estou fazendo um livro só com diálogos. JUSTIFICATIVA: preguiça monstruosa e total incapacidade de fazer qualquer descrição.

Vou guardar teu segredo.

Estou pensando seriamente em virar dramaturgo. É uma palavra muito charmosa.

Acho legal, mas eu queria ser por um dia pelo menos comentarista de futebol ou dubladora de desenho animado.

Mas na verdade meu livro vai ser cheio de diálogos de internet ou celular. Sabe, esses bate-papos eletrônicos.

> Desculpa ser sicera, mas tu não passou da idade para isso?

> Se for ver, passei da idade pra um monte de coisas. Ainda bem que o tempo é relativo.

Oi, Paulinha! E aí, chegou a pensar na tua história de putaria? Fiquei aqui lembrando disso, curioso pra ver o que vai dar. Qualquer coisa, me avisa.

Oii, vou sentar hj de tarde pra fazer isso eu fiz um esquema ontem pra ver como organizar a história, vamos ver se funciona

Opa, que ótimo. Então tá, qualquer coisa, falamos logo mais.

> Oi, Tati! Vamos ao sarau hoje?

> Oiê. Não vou ir, tô meio tchum.

> Bah, melhor e mais sincero motivo. Todavia, tu sabe que se eu te levar lá tu automaticamente deixa de ficar tchum, né?

> Oi, Paulinha! E aí, chegou viva em casa?
> Adorei nossa conversa ontem.

Oii!
Sim, cheguei
Ba, posso falar contigo mais tarde?
To saindo de casa agora mesmo

> Tranquilo, também tô indo.

Eu não gosto de falar em público, mas nós dois na mesma mesa me parece a salvação do mundo inteiro. Estou errada?

Nunca vi isso: professora, e não gosta de falar em público? Mas tu está certíssima. Aliás, nós dois na mesma mesa de bar também seria ótimo.

> Fiquei pensando, incrível como tu estava sexy com aquele batom e toda rosa de vinho.

> Não tenho dúvida, Paulinha, de que tu estava gostando de me seduzir. E poderia apostar que tu deve ter tido vontade de me beijar.

Oii, prof!
não sei muito bem como responder
tirando que quando tu mandou eu tava no carro
com o meu namorado e tive que apagar rapidinho
É que pra mim o que tu tava fazendo já é traição,
preferi não incentivar
eu te disse que não fazia isso.
Mas não queria ficar sem responder hehehe
enfim, se for rolar outro encontro da turma
espero que tu venha
beijoss

> O pescoço mais lindo e tentador de toda a história da literatura.
> tati0074.jpg

> Um bom artista faz até uma árvore parecer interessante. Adorei a foto.

> E tu, tava grandão no debate.

> Cuidado com o duplo sentido.

> Eu sou uma pessoa nórdica, não tem esse papo de duplo sentido comigo.

impublicável

Caio vai até a porta e abre — a campainha havia tocado. Tati entra, ele dá um beijo no rosto dela, trocam leve abraço.

Ele faz sinal com a mão para que ela avance. Tati vai pelo corredor até a sala. Olha para os lados, vê os pôsteres na parede, fica um pouco sem saber para onde ir. Caio está atrás dela. Coloca a mão no ombro e diz: Fica à vontade.

Ela tenta ficar. Ele segue.

Não repara a bagunça, ele diz. A faxineira não veio ontem. Aliás, ela morreu. Ainda não chamei outra, preciso elaborar o luto.

Tati olha para ele sem saber se é verdade, embora seja óbvio que não é.

Caio aponta o sofá. Ela se senta.

Água? Chá? Café? Absinto?

Tu sabe que eu não bebo.

Claro que sei, Srta. Certinha.

Ela dá um sorriso. É claro que é certinha.
Ele senta na poltrona de frente para ela.
Eu não acredito. Tu veio até aqui, ele diz, algo perplexo mesmo.
Tu me chamou, não foi?
Pela sexta vez, ele faz com as mãos como se fosse um milagre. Então, por onde começamos? Sexo ou literatura?
Acho que vai ter só literatura.
Acha? Bom que não tem certeza.
Não vem mudar o sentido do que eu digo.
Não estou mudando, isso se chama inconsciente.
Caio, não vou ficar alimentando nada. Nós somos amigos, só isso.
Toda vez que eu ouço essa frase de uma mulher linda, meu pau diminui um centímetro.
E sobrou alguma coisa?
Com essa, ele aumenta de volta. Especialmente se eu mostro, ele se levanta e faz gesto de abrir a calça.
Ela meio que ri, e ele se nutre da ambiguidade.
Para de frescura. Sério, e ela volta a ser casmurra.
Tudo bem. E da literatura, podemos falar?
Esse é o motivo de eu ter vindo, não te disse?
Muito bem. Tu leu meu livro?
Ela faz que sim com a cabeça.
E então?
Tati ajeita os cabelos, como se isso fosse arrumar também as ideias.
Ela está tensa, ele pensa, sem que isso rime.

Tati abre a bolsa e tira um maço de folhas.

Eu fiquei vermelha, ela diz. Por que tanto conteúdo, digamos, impróprio?

Impróprio pra quem? Uma mulher de trinta e dois anos, formada em letras, que trabalha na principal editora da cidade e faz doutorado em teoria da literatura? Não vai dizer que uns paus e bocetas te assustaram?

Não é isso, ela desvia o olhar, sem se dar conta do clichê gestual. Mas é muito raro encontrar uma narração convincente do encontro sexual.

De uma trepada?

Viu? É difícil achar o tom, parece que só existe o artificial e o vulgar.

Concordo. E jamais vou optar pelo falso.

Ela volta a olhar para as folhas. Caio dá uma risada. Ela vira para ele, interrogativa.

Estava notando esse teu olhar oblíquo, ele diz. Sabe, como todas as coisas oblíquas, exceto os pronomes e os estacionamentos, esse teu olhar é bastante sedutor.

Eu não estou flertando contigo, apesar da tua retórica.

Aliás, tu é sexy demais pra ter ido parar na faculdade de letras.

Eu ia fazer direito, mas não conseguia manter as unhas em dia.

Isso explica tudo. Vem cá, vem mais perto de mim.

Para, ela diz, indo. E vai.

Ele a puxa e ela se senta ao lado dele. Ele busca a boca, ela evita. Ele tenta o pescoço, ela evita. Ela levanta. Fica de frente para ele.

Tu sabe que eu te daria uns beijos e amassos bem fácil, né? Bem fácil, ela diz, bastante tranquila.

Eu também. Tudo perfeito, ele responde, agitado.

Só tem um problema, um probleminha que não tem fim, pois é circular.

Tati aponta para a aliança na mão esquerda dele.

Que tipo de mulher tu acha se envolve com homem casado?

Não sei, não gosto de classificações.

Pra mim, isso não serve. Não vai ter nada aqui.

Não faz sentido. O ouro deveria atrair as mulheres, e não afastá-las.

Estereotipar o sexo feminino não ajuda. É algo que tu faz em todos os teus textos. Já sei o motivo.

Já me disseram isso umas mil vezes. Ele se levanta e vai até a janela, mesmo que o gesto não faça sentido. Tem o olhar perdido para a rua, o sol do fim do dia, o cenário trivial.

Caio!, ela insiste. Ele se volta para ela.

Tudo bem, ele diz, eu vou me acostumar à ideia de que, embora exista uma pré-disposição inicial da tua parte, e mesmo estando numa época de suposta liberdade sexual, não vamos ter nada.

Liberdade sexual também é pra dizer não, certo?

Infelizmente. Fico impressionado como as mulheres exercem a liberdade diante de mim.

Tati pega as folhas, caminha até perto dele, estica as mãos. Ele segura e vê que o texto está cheio de marcações de caneta vermelha.

Eu anotei algumas coisas, ela diz. Espero que ajude.

Ele se coloca do lado dela. Faz um gesto rápido e tenta beijá-la. Ela escapa, rindo, nervosa.

Caio, por favor!

Está bem, vou parar, fica tranquila. Ele se aproxima dela, aponta para as páginas. E então, meu livro?

Ela o encara com desconfiança.

A primeira coisa que me chamou a atenção foi que esse teu texto tá tão sujo. Tu chegou a revisar?

Não. Agora eu acredito numa nova ideia. Eu tô só pela sensação. Se a história erótica te excitou, foda-se o advérbio. Se o texto de humor fez rir, danem-se as repetições.

Tati tem o rosto ainda mais desconfiado. Isso me parece preguiça, ela diz. Ou: teoria pra justificar a preguiça.

Ah, se tu soubesse como é grande o esforço que eu faço pra não ter muito trabalho.

Qual o sentido disso?

Demonstrar a inexplicável complexidade que existe por trás de pequenos atos de estupidez.

De qualquer forma, a coisa mais grave do livro são aquelas conversas todas. Tu não me engana.

Ela se senta, muito séria.

Elas são parte da ficção, qual o problema?, ele diz. Que diferença isso faz pros leitores, pra editora?

Certo, concordo, mas eu sou tua amiga e me preocupo contigo. Só isso.

Obrigado pela preocupação.

Vamos parar de fingir, né, Caio? Tá na cara que aquilo tudo é verdade. Eu te conheço!

Para com isso, Tati. Tá querendo dizer que eu não tenho capacidade de criar diálogos ficcionais? Achei que tu gostasse do meu texto.

Tu é muito bom nos diálogos, o que tu não consegue criar são as personagens femininas. Todas as mulheres nos teus textos são essa figura sexy-espertinha-provocante, ou então a esposa-bruxa-castradora. Tu não chega a dar vida aos detalhes, à sutileza. Tu passa longe da alma feminina.

Poxa, eu idolatro as mulheres. Isso é tão injusto.

Mas só consegue retratá-las como tipos. Pensa nisso, Tati diz, com olhar verdadeiro. E enquanto tu colocar as mulheres num pedestal, nunca vai ser capaz de te aproximar delas, de nenhuma delas. E isso sem falar na objetificação, que é mais uma coisa.

Ele cruza os braços como uma criança.

Isso não. Eu sempre retrato a mulher como a dona da relação, aquela que tem poder sobre o outro. E quem tem poder, quem domina, nunca vai ser objeto, e sim sujeito. O objeto é o homem. Não acha?

Claro que não!, ela retruca, incrédula. De onde tu tirou essa asneira?

Deixa pra lá. Preciso botar alguma coisa na boca, ele diz. Quer um café? Eu passei há pouco.

Ela nega com a cabeça. Ele vai até a cozinha e se serve. Volta em seguida com uma xícara na mão.

Não fica triste, ela diz. No teu lugar, eu também apelaria pra conversas reais.

Reais?, Caio toma um gole. Pela expressão, parece não ter adoçado o café. Larga a xícara na mesa e retoma o assunto.

Olha o paradoxo: são conversas virtuais, pois se dão em meio eletrônico. Quando são colocadas no papel, elas deixam de ser reais, o que nunca chegaram a ser. Então, o que tem de real nessa história toda? Absolutamente *nada*.

Lá vem o Caio e sua retórica...

Além do mais, ele se empolga, todos nós somos personagens nessas conversas eletrônicas. Isso não é a vida, não é a verdade. É como se estivéssemos atuando, criando um outro *eu* que não é o eu real.

Isso tudo é a desculpa que tu vai dar quando tua mulher ler o livro?

Viu como tu me dá boas ideias?

Ele se aproxima dela. Vem cá, tu tá toda retesada. Deixa eu te fazer uma massagem nas costas.

Tudo bem, eu tô tensa mesmo. Mas sem gracinhas, tá bom?

Claro, e ele indica o assento mais longo do sofá para ela. Tati fica de costas e Caio passa a massageá-la. Ela ronrona de leve, relaxando. Ele segue nesse movimento ao longo do pescoço e um tanto dos ombros durante alguns minutos. Ela desfruta.

Caio chega perto do ouvido dela. Dá um beijo no pescoço, ela se retrai, mas segue ali.

Tati, deixa eu te ver nua, ele sussurra. Só isso, não te toco um dedo. Só olhar.

Caio! Vai à merda com esse papo!, e ela cessa o toque dele. Pula para o assento do lado, onde ele não pode alcançá-la. Ele a mira, um tanto perdido.

Afinal, por que tu segue casado?, ela diz, com alguma ternura ainda.

Eu amo minha mulher. Ela me faz alguém melhor.

Não quero imaginar como tu era antes.

Ele se levanta e começa a caminhar pela sala. É sério, diz. Eu aprendo com ela a não me isolar, a lidar melhor com as pessoas, me aproximar delas. Ela é o oposto da arte, por mais contraditório que seja, mas eu a contemplo como à mais complexa obra-prima que o ser humano jamais concebeu. Parece tolice, mas não é.

Tati observa enquanto ele caminha, concentrado.

E tem uma coisa com ela que eu jamais senti por qualquer outra pessoa. É uma mistura de tesão com a mais profunda admiração. É um negócio que de repente ela me olha e eu sei. Sem falar que, que, sei lá, ela me diverte muito. Precisa mais?

Muito bonito, mas isso não te impede de me trazer aqui, de ter essas conversinhas todas...

É que eu sou meio dezessete anos, todo homem tem disso. Culpa desse pau duro, sempre cheio de amor, que aponta pra tudo quanto é lado, e ele olha para a própria calça.

Ela vê que ele não está de pau duro, mas prefere não comentar.

Isso não é uma justificativa convincente.

Alguma seria?

Provavelmente não, ela diz.

É essa coisa insana, essa tendência de destruir o que é essencialmente bom, isso é Macbeth matando o rei, a derrota última de toda e qualquer virtude.

Tu tá sempre no palco, né?

Eu sou o que eu mostro que sou. Não tem fingimento nenhum.

Isso não existe. Já disse que tu não me engana, Caio.

Ele para de caminhar, se senta diante da mesa, dá muitos goles na xícara de café. Ela sente que ainda tem algo para fazer ali, e insiste nisso.

Tu vai mesmo fazer isso? Arriscar tudo que tem de bom só pra ver os dados rolarem?

Preciso disso, dessa coisa, a vida que palpita.

O flerte?

A arte!

Caio, o que tu fez é impublicável.

Na literatura ou na vida?

Existe diferença?

Enorme.

Ele se volta à mesa, fica em silêncio, gesticula um pouco, mas não fala, até que fala.

Tati, tu trabalha numa editora, e isso me interessa tanto quanto teus lábios. Tu poderia levar meu livro pra ser analisado? Pra publicação?

É complicado, tu sabe. O mercado não tá fácil. A editora já tá com a grade de lançamentos fechada pro resto do ano. E eles não tão a fim de arriscar com apostas.

Tu faz meu trabalho parecer cavalo no jóquei.

E tu teve tua chance, mas publicou um livro cheio de baixaria, de gosto duvidoso e supostamente engraçado. Se tu quer ser escritor, por que não faz algo sério?

Será que o humor não pode ser visto com seriedade? Não entendo esse preconceito. Tenho certeza de que, se eu lançar o livro, ele não vai ganhar nenhum prêmio. Sabe por quê?

Porque é ruim.

Isso nem sempre é critério. O problema é que ninguém premia quem faz humor. E isso não é de hoje, ele mexe os braços, excitado. Sabia que, na Grécia antiga, eles tinham aqueles festivais imensos de teatro, e os únicos gêneros eram a comédia e a tragédia.

Ele respira e segue: As peças trágicas eram julgadas pelos gregos mais sábios, e tu pode imaginar como esses caras deviam ser sábios. E quem julgava a comédia?

Quem?, ela diz sem expectativa.

Alguma pessoa que tivesse passando por ali, ou seja, um qualquer da plateia. Que tal isso? Mais de dois mil anos depois, e nada mudou.

Caio, o público adora humor, é natural. O público é leve, quer se divertir e ser feliz. Mas a crítica, os literatos, os intelectuais, esses precisam do sofrimento, do drama humano. No fim, tu pode optar por um caminho ou por outro.

Ele discorda com a cabeça, mas diz: De alguma forma, tu tá certa. Escrever é reconhecer a morte. Dependendo do livro, da própria carreira.

Tu tem que aceitar certas coisas.

Eu sei que fiz um livro com qualidade.

Tu não imagina quantas vezes eu ouço essa frase, os autores sempre parecendo o grande Criador. Vocês são todos iguais, ela diz, saboreando o lugar-comum.

Então, se o escritor pensa que é Deus, o que sobra pro editor?

Não é nada disso. É só uma empresa. E a gente tenta justamente dessacralizar o texto. Eu já vi palestra de muito escritor dizendo que o livro dele não é produto. Engraçado, porque tem sempre um código de barras. Ela para, respira um pouco. E todos adoram quando esse código de barras passa muitas vezes nas livrarias.

E a cada centavo a mais no bolso, um neurônio que morre.

Tati o repreende com o olhar.

Tá bom, Tati, isso é idiota. Mas o que vai ser de mim se eu não puder avacalhar as coisas?

Adulto.

Isso é bom?

Caio recebe uma nova expressão severa, que tenta ignorar. E sobre o meu livro, tu tem mais algum comentário pra acrescentar?

A última coisa que eu tenho pra te dizer é que ele parece ter ficado apressado. Por que tu não espera mais um pouco antes de submeter?

Eu sei, quanto mais velho eu fico, mais ansioso. É como se eu fosse morrer amanhã, ou na próxima quarta. Minha prosa é reflexo disso.

E tu acha que o leitor vai se interessar por esse umbiguismo todo?

Não fala isso. Não é umbiguismo, estou lidando com questões universais. Claro, a partir do meu ponto de vista, mas é o único que eu tenho.

O bom escritor é capaz de subverter isso.

Que ótimo, me apresenta pra ele? Quem sabe eu aprenda alguma coisa.

Caio, tu tá sempre na defensiva, né? Ou melhor, atacando pra te defender.

É uma estratégia válida.

Aliás, sabe o que eu acho mais incrível nesse teu livro? Tu te defende de praticamente todas as possíveis acusações de problemas técnicos. Tudo que tu possa ter feito de errado tem como ser justificado, de alguma forma, como parte da proposta. Isso é bem doentio.

Deu pra perceber, é?

Claro que sim. E chama ainda mais atenção por tu ser experiente. Será que precisava disso? De onde veio essa insegurança toda?

Muito cuidado, não me misture com a obra. A insegurança é do personagem que está escrevendo, não minha.

É isso que não cola. Não adianta, não cola mesmo.

Tu tem que ver que as coisas são relativas.

Do que tu ta falando?

Por exemplo, ontem sonhei com ossos a noite inteira. Foi meio aterrorizante, e seria pra qualquer um.

E o que tem?

Mas pra um cão seria ótimo.

Cães não sonham.

Muitas pessoas também não.

Bacana isso. Vou indicar pra algum escritor de autoajuda.

Tati, para com isso. Chega de literatura. Vem cá.

Já disse que não vou, ela diz, indo.

Ele a pega de costas, beija o pescoço. Ela deixa. Ele beija de novo. Ela deixa. Ele tenta a boca. Ela tira.

Caio, não vou fazer nada contigo. Mas tudo bem, tu curte olhar, né? Encosta aí.

O que tu vai fazer?, ele pergunta, com empolgação desconfiada.

Ser incrivelmente legal contigo. Vou fazer menos do que tu queria e mais do que merece.

Ele se recosta no sofá. Ela se agacha lentamente e tira a calcinha por baixo do vestido.

Não te mexe daí, não me toca. Certo?

Tati se ergue e levanta o vestido. Caio penetra com os olhos aquela boceta sem pelo algum.

Tudo bem, ele diz, e abre a calça. Saca o pau e começa a tocá-lo. Já está bem duro.

Tati mantém o vestido levantado, as pernas abertas o suficiente para ele se deliciar com a visão que tem.

Ele se masturba rapidamente, hipnotizado. Jamais põe os olhos acima da cintura dela.

Tati fica parada, quieta. Observa o movimento dele mais com curiosidade do que com tesão.

Caio segue com a mão para cima e abaixo, o pau muito duro, quase roxo, os olhos na boceta lisa, linda, a fenda pequena e delicada, promessa de um prazer que agora jorra em um creme leitoso.

Um suspiro contido, sufocado, e Caio está pronto.

Deu?, ela diz, ignorando o óbvio.

Sim. Me alcança aquela folha, ele pede, apontando para uma pilha próxima a ela.

Tati vai até ali e pega a folha. Entrega para ele, que limpa o pau com o pedaço de papel.

O que era?

O texto de uma aluna. Uma história cheia de absurdos, de erros. Ia pro lixo de qualquer forma.

Ele termina de se limpar e joga o papel na lixeira. Guarda o pau, fecha a calça, fica esticado no sofá.

Jura que isso te satisfaz?, ela diz, meio perplexa, achando pouco verossímil.

Muito. E tu, não ficou nem um pouco a fim?

Vai insistir? Caio, sabe que às vezes tu me lembra uma amiga minha.

É mesmo?

Toda semana, ela dava um jeito de mexer no visual: tingia os cabelos de preto, de loiro, fazia mechas americanas, alisava, encrespava, alisava de novo, enfim. E sempre ficava insatisfeita com o resultado, por isso a ânsia de mudar de novo.

Meu cabelo é o mesmo há mais de duas décadas.

O ponto é que ela estava vinte quilos acima do peso. Nada contra, não julgaria a beleza de uma pessoa por isso, mas eu sei que era isso que acabava com ela. E ela ficava andando em círculos em volta de um problema, sem conseguir olhar pra verdadeira questão. É isso que eu acho que tu faz, Caio, o tempo todo.

Ele a encara com jeito de que está digerindo. Ela ameaça recomeçar, mas ele faz com a mão que pare.

A comparação foi legal, ele diz. Mas cuidado pra não explicar demais, ou pra não tornar isso uma lição de moral. É ruim pra ficção.

Deixa eu falar o que quiser. As regras da literatura não se aplicam à vida, Caio. É tão difícil de entender?

Ele balança os braços, sem saber.

Bom, eu tenho que ir, ela diz. Coloca a bolsa no ombro e se abaixa para pegar uma peça que havia ficado no chão. Caio observa enquanto ela se levanta e estende a mão para ele.

Quer ficar com a minha calcinha?

Melhor não. Pode dar problema aqui em casa, sabe?

Ela guarda a calcinha na bolsa. Ele a acompanha até a porta.

Uma última coisa, ela diz. Fiquei pensando, acho que cães sonham, sim.

Era isso que tava na tua cabeça enquanto eu...

Ah, deixa pra lá. Que diferença isso faz mesmo?

Pra mim ou pros cachorros?

Tati faz com os ombros que tanto faz. Dá um beijo no rosto dele, um leve abraço, e sai.

> Olá, Mirella! Tu vive? Já tá de volta?

oh yeah vais estar lá na puc hj?

> Sim!

ah então não vou mais

> Vaca. Tá com saudade que eu sei.

MAIS RESPEITO

> Mas foi com carinho, juro.

Ta bem

> Tu tá muito gata, pelo jeito emagreceu na viagem.
> Pena que está com um olhar tão triste.
> Fiz ótimas fotos tuas, todavia.
> mirella08.jpg
> Que perfil, hein?

valeu por me chamar de gorda antes

> Te chamei de gostosa agora. E linda.
> Gostou da foto?

não, tô mt nariguda.

> Tô indo, vou comer alguma coisa gostosa.

vou comer alguma coisa, gostosa ou
vou comer alguma coisa gostosa?
gordo.

> mirella11.jpg
> Se todo o resto falhar,
> passo só batendo fotos tuas.

até que pareço meiga. engano bem, né?

mirella17.jpg

PQ TU TIRA ESSAS FOTOS?
medo amanhã vou de burca

Vai de pernoca de fora pra ver o quilate da foto que eu faço!

muito medo
vou até me retirar dps dessa

Ok. Durma com as fadas. Ou as fodas. Bah, como não pensei nisso, título pra tua história erótica com fada: ESSA FADINHA.

jesus cristo. tu tem sérios problemas. SÉRIO.

> E aí, tá rolando aquela digitação?
> Como tá sendo?

ja to botando na nova gramática tá
pra facilitar o teu trabalho sou um amor

> Nem vem que tu foi alfabetizada
> na nova gramática.

Até quinta já te mando o documento, viu

> Ótimo. Tá dando muito trabalho?
> Espero que não fique com
> os braços cansados demais.
> Senão o Barney não vai gostar, né?

que horror, com o barney não tem nem
que se mexer, ele faz o trabalho todo
ah, é meio chatinho né... mas de boa

> Sim... imagino! Mas que bom. Uma hora
> eu te contrato pra algo mais bacana.
> Mas a única coisa que tu me disse
> que sabe fazer é blow job.

ai, tenho que ir pra puc
prova de latim
Verdade, a única coisa que eu sei fazer na vida é isso
Não sei fazer mais nada

Ué, que tal então?

¬¬

Juro que não entendo essa terminologia.

significa you're an ass

Pior que é verdade. Aceito a crítica.

Impressionada com a tua capacidade de lidar com xingamentos.

Aprendi nas oficinas literárias.
E também na noite, claro.
Tudo isso faz tempo, mas ficou bem internalizado.

Tadinho.
Na noite deve ter merecido
Nas oficinas não sei

Não abusa.

Sabe que com frio e chuva eu fico com mais tesão? Não sei por quê.

ai jesus, mereço ter que ler esse tipo de coisa?

> Ah, tu já foi mais divertida.
> Como tá teu livro?

eu nao vou mais conseguir trabalhar nele sozinha,
preciso que alguém dê uma opinião sobre ele
e veja o que tá ruim
tava relendo esses dias e vi que eu uso até
a palavra "pau" e pensei QUE HORROR
que depravada

> Se tu quiser que eu faça isso,
> podemos negociar as condições.
> Me manda essa parte!

oprofessor-nov.docx
de boa, nao sei o que eu tinha na cabeça
pra escrever isso. falta de sexo, só pode.

eu tenho um pouco de medo, quando publicar,
que as pessoas pensem que de fato
eu me envolvi com um professor da puc
mas isso é besteira né?

> Ah, besteira total.
> Se é por isso, as pessoas também pensariam
> que dei em cima de umas alunas.

> E tu vai querer que eu faça essa leitura crítica do teu
> livro pra apontar o que está legal e sugestões?
> Claro, se tu me pagar por isso.

eu ia perguntar se podia pagar com o corpo.
mas a resposta é meio óbvia

bah pior que uma vez um cara me falou
que se eu mostrasse a bunda pra ele
nao precisava pagar o táxi
que a gente tinha dividido
eu fiquei MUITO tentada

Legal, tomara que a gente divida um táxi uma hora dessas. Mas acho que preferia ver os peitos, se tu não te importasse.

Uma vez, um amigo chamou uma puta na calçada e disse que queria pagar um real pra mostrar o pau pra ela. Achei bem criativo, mas ela não aceitou. Juro que não fui eu, apesar de eu adorar mostrar meu pau aleatoriamente.

Aleatoriamente???

Como faço pra te ver nua afinal?

Entra no youporn que tu acha rapidinho

não curtiu minha piada. ok.

Não sei se captei bem, mas tudo certo. E no mais, como está tua vida sexual?

Tosca.
levei o fora do carinha que eu tava saindo
aí esses dias dei pra um aí
mas nada muito empolgante
o vibrador ainda consegue ser melhor

> Sério? Nada empolgante pra ti, mas aposto que foi pra ele, não?

ah, acho que não
a gente já tinha transado outras vezes
mas sempre num estado alcoolico deplorável
e eu digo uma coisa:
CARA, o álcool faz com que um tico pareça muito maior do que, de fato, é. MEDO do álcool.

e faz com que o sexo pareça muito melhor
do que de fato é

> Mas tu não bebe pra encarar o Barney, né?

não precisa ele só me traz alegrias

> Que massa, bem romântico isso.

mas sexo à parte
fiquei bem chateada com o meu fora
tava bem afim de me aquietar com alguém.
e eu não fiz nada pra criatura me rejeitar
do nada... saco isso

> Sério? Tu tava querendo namorar?
> E o cara, o que disse?

não, eu tava de boa, deixando rolar
ele era todo amorzinho e tal
aí de um dia pro outro desapareció
não disse nada
simplesmente parou o contato
doido, né?

> Bah, sei como é. Mas do outro lado. Isso acontecia comigo algumas vezes quando eu tinha namorada.
> (na época pré-redes sociais, ninguém sabia quem tinha namorada)

BONS TEMPOS

> Uma vez eu tava no motel com uma amiga, e ela disse "se eu descobrir que tu tem namorada, te mato".
> E eu pensei "não te preocupa que tu não vai descobrir".
> Fora isso, não imagino o que possa ter acontecido com ele.

Hm. conheceu alguma piriguete nova
provavelmente vai ficar um mês com ela
que nem fez comigo e depois largar
tem gente que é assim, né
Dureza
O problema mesmo é a falta de sexo

> Não sei como estão as coisas hoje, mas imagino que a vastidão das possibilidades deva tornar tudo um pouco mais complicado.

dei terça, nao devia estar tão desesperada
sim é muito fácil pegar mulher
qualquer cara consegue pegar várias minas

> Se tu não fizer sexo hoje, vamos sair amanhã. Tu vai adorar a minha técnica.

Para com isso!!!
Tu sabe que eu não tenho nenhuma intenção

Então vamos só beber uma ceva e contar histórias de putaria. Tipo a gente aqui.

E tu não iria tentar me molestar?
Certo que ia

Não, claro que não. Eu sou inofensivo.

> Bah, eu vi essa tua foto nova
> e quase coloquei um comentário
> QUE VONTADE DE COMER ESSA COISINHA.
> Sério, esse cupcake está muito apetitoso.

acho que nao seria legal a ambiguidade da frase.

> Que ambiguidade?

bá é que já ouvi isso de uns pedreiros.

> Tá bom, coisinha apetitosa,
> admito a ambiguidade.

depois tenho que te contar
minhas peripécias do fim de semana
fiquei mucho loca na praia

> Bah! Conta tudo!
> O que rolou?

peguei 2 caras numa noite sem saber
que eles tavam ficando na mesma casa

sendo que um era francês
aí fudeu
ahahahahahahaahha

> Qual o problema dele ser francês?

nenhum só é engraçado
só me fodo...

> Onde posso te ver de biquíni neste verão? Eu adoraria.

A gente ia numa praia de nudismo
Mas n fomos

> Bah, se tu for, me avisa que pego um avião pra onde for.
> Mas me manda fotos de biquíni então, fazendo a gentileza, tá bem?
> Prometo apreciar com carinho.

Bah, Paulinha, sabe que eu me diverti demais com tua resposta, e só agora vi que não tinha te respondido.
Desculpa pela cena complicada com o namorado. Agora, só te escrevo em horário comercial, pode deixar.

E no fim não saiu mais nada da turma, né? Uma pena.
Não sei, hoje me bateu uma saudade das aulas, do clima, tudo aquilo.

Enfim, só vim dar um oi.
Espero que tu siga escrevendo. Bjos.

> Olá, Deise! Como tu tá?
> Parabéns, tudo de bom sempre.
> Saudade imensa de ti. Beijos!

< Obrigada!

> E tu não vai estar por aqui no finde?

< ?

> Se tu vai estar em Porto Alegre.
> Eu te convidaria pra, sei lá, alguma coisa.

< até acho que estarei
< mas não acha ruim
< me convidar p alguma coisa,
< sendo um cara casado?
< um pouco estranho

> É, eu sei. Mas tu sempre
> foi uma ótima companhia e
> nunca quis nada comigo mesmo.
> Minha mulher está viajando.

bah, não sei, viu, não quero complicação pro meu lado
não quero nada contigo, mas tb não confio em ti, né
desculpa se to sendo muuito sincera

Tá bom.
Eu sempre apreciei tua sinceridade.

é uma pena

O quê?

dava para rir bastante contigo

Ainda dá.
Não?

> Ah, vi que tu te formou!
> Parabéns, Paulinha!

TU TINHA ME RESPONDIDO
achei que tava até agora no vácuo
to me formando
Valeu pelos parabéns

> Eu tinha sim, mas o vácuo virtual
> é ainda mais abstrato.

> Cara Mirella, faça uma redação com o seguinte tema: "Como foram as férias?". Pegou muita gente? Alguma história bizarra pra contar?

Peguei uns boy aí.
Um dia tomei 3 ecstasy
Não consegui dormir nunca mais
Aí tava com um cara da Nova Zelandia.
O pau dele não funcionou por causa das drogas.
foi frustrante
e os argentinos
não sabem da existência do sexo oral
frustrante2

> Sério? Se estiver com saudade de receber um sexo oral com qualidade, me avisa. Já te disse que sou especialista nisso, né?

Hey, chupadas a parte

> "Chupadas à parte", melhor forma de retomar um assunto.

meus peitos cresceram por causa da pílula
cresceu bastante

> Preciso conferir.

DSCN007197.jpg
fiquei burra depois que criei peitos

> POUTZ!
> Ok, não é nenhuma tragédia também.
> Mostra mais.

That's all I can give

> Sabe, tive um dia bem difícil hoje.
> Mas aí tu me aparece com esse belíssimo sorriso
> e mostrando os peitos e tudo fica bem de novo.

bá, eu to numa seca tremenda.
tá foda
com esses boys daqui não dá.

> Tu não acha que está na hora
> de investir na experiência?

hhahaha vou pensar

> Quando a gente se encontra
> na biblioteca de novo?

sai fora com esse teu fetiche de biblioteca
pior que eu já contei pra um monte de gente que
"um colega" tentou me agarrar na biblio da puc.
todo mundo adorou a história

> Puta merda, olha o que tu vai contar, hein?
> Amanhã tu tem aula?

tenho aula de manhã, e de noite vou numa iniciação budista buscando a salvação

> Vamos a um motel à tarde então, que tal?

quando que eu disse que ia dar?

> Ah, tu disse que estava na seca, e eu achei que podia te ajudar. Pensa nisso.
> Vai ser legal, tu está precisando, acho que é o momento.

Ok, vou pensar com carinho.
Mas no dia da minha iniciação budista seria irônico demais

> Escrevi um conto inspirado em ti.
> Te importa se eu chamar a personagem de Mirella?

pode chamar, ué
vou pra aulinha
aula de lírica
me mata

hey, vou ter aula contigo
seminário de escrita criativa, né?
começa na sexta

> Isso! Vai ser ótimo.
> Te prepara.

> Paulinha, sabia que vai rolar uma turma nova de escrita criativa neste semestre? Duvido, todavia, que tenha uma aluna como tu. Infelizmente.

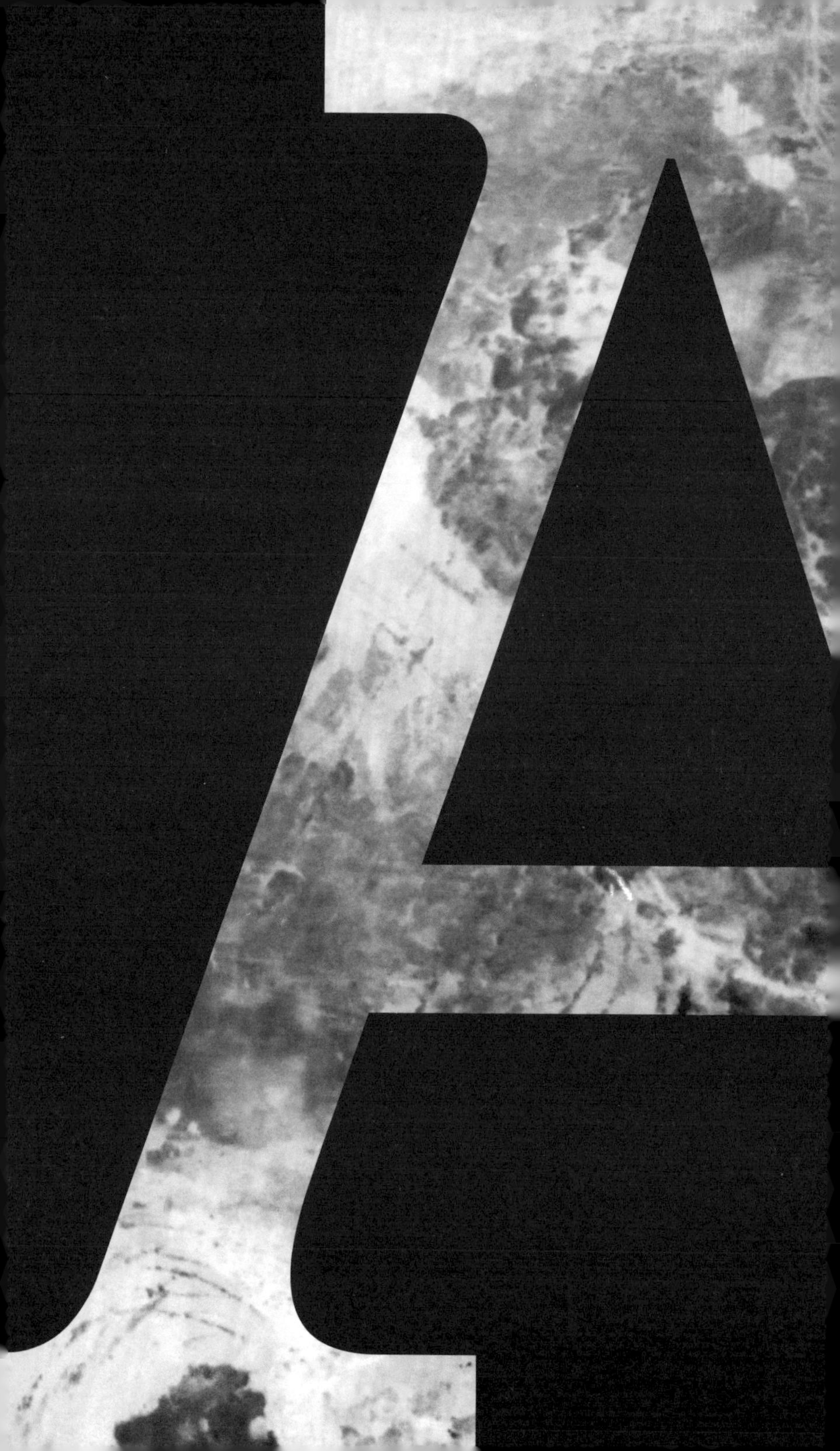

inha matilha: Gisa (minha garota — com amor absurdo),
torio (que tão cedo não poderá ler estas páginas) e Lilith
que precisa de uma versão em latim).

Ao Antonio Hohlfeldt, que me acompanhou de tão perto
que aprendi a soletrar seu sobrenome; ao Paulo Ricardo
Kralik Angelini e ao Paulo Seben, pelo gentil exame
na banca de mestrado; ao Assis Brasil, ao Charles
Kiefer e a todos os professores do PPGL da PUCRS,
pela ousadia de criarem um programa em Escrita
Criativa — e por terem me acolhido nele.

Ao Ricky, por ter aceitado o desafio de
produzir as ilustrações, que me fizeram
gritar "puta que o pariu" na hora que
me foram apresentadas.

Aos meus amigos escritores e colegas
de letras, que deram sugestões e me
ajudaram a compor esta obra
inverossímil: Davi Boaventura,
Cristiano Baldi, Guilherme
Smee, Gustavo Faraon, Julia
Dantas, Júlio Ricardo da Rosa,
Luciana Thomé, Nelson Rego,
Ricardo Koch Kroeff, Samir
Machado de Machado.

> Oi, Paulinha!
> Me conta, tu segue escrevendo?

> Oi, Lina! Tudo?

> Então, como te falei, a ideia aqui é fazer uma conversa entre dois personagens. Eu conheço bem o meu, tu pode criar a tua do jeito que tu quiser. A gente começa a conversar por aqui, vou te dizer um monte de absurdos, tu responde como quiser, e assim a gente vai.

> Se quiser, pode fazer tua personagem parecida contigo, não tem problema. "Ela" pode responder como tu responderia, mas só se quiser.

> Aí, como te disse, depois eu vou pegar alguns desses diálogos e colocar no livro.

> Tu já ta fazendo isso com outras mulheres?

> Sim, com mais oito, para ser exato. E está ficando divertido.

> Mas pra quê tu precisa disso? Tu escreve tri bem.

> Obrigado. Mas o problema é que não consigo criar personagens femininas. Todas ficam caricatas. Eu já tentei muito em outros textos e nunca deu certo. Então, vou colocar um pouco mais de realidade. Só quero conseguir ter mulheres verossímeis.

Mas tu não tá determinando nada? E se ficarem todas meio parecidas?

> Tudo bem, é a vida. Literalmente.

Tu que manda.

> Não fala em mandar que eu fico de pau duro.

Como assim???

> Já começou!

Ah, ufa.

> Não te assusta. No máximo, vou te pedir umas fotos nuas. Nada de mais.

Tu vai ver.

> Vou?

Que idiota. Essa mania de duplo sentido é tua do babaca do teu personagem?

Posso xingar assim, né?

> Pode. Nem precisa perguntar. Está gostando da ideia?

Sim. Só não sei se isso vai ficar legal de ler depois.

> Também não sei. Vou testar.

Tu tá fazendo isso pra comer alguém? Chegou a sair com alguma dessas mulheres?

> Claro que não, tu sabe que eu sou louco pela minha mulher. Não preciso de mais nada.

Que bonito. Espero que seja verdade.

> Tudo que eu falo é verdade. Por mais que não pareça.

Para mais informações, visite
www.naoeditora.com.br

Este livro foi composto em fontes Minion Pro
e Segoe UI e impresso na gráfica Pallotti,
em papel pólen bold 90g, em dezembro de 2015.